KB114471

승소머신
강변호사

승소머신 강변호사 7

가프 장편소설

초판 1쇄 찍은 날 § 2018년 6월 14일
초판 1쇄 펴낸 날 § 2018년 6월 21일

지은이 § 가프
펴낸이 § 서경석

총괄팀장 § 최하나
편집책임 § 이선근
편집 § 김슬기

펴낸곳 § 도서출판 청어람
등록번호 § 제387-1999-000006호
등록일자 § 1999. 5. 31
어람번호 § 제1-2918호

주소 § 경기도 부천시 부일로 483번길 40 서경B/D 3F (우) 14640
전화 § 032-656-4452 팩스 § 032-656-4453
http://www.chungeoram.com
E-mail § chungeorambook@daum.net

ⓒ 가프, 2018

ISBN 979-11-04-91760-8 04810
ISBN 979-11-04-91610-6 (세트)

※ 파본은 구입하신 서점에서 교환하여 드립니다.
※ 저자와 협의하여 인지를 붙이지 않습니다.
※ 이 책은 도서출판 청어람과 저작자의 계약에 의해 출판된 것이므로,
　무단 전재 및 유포·공유를 금합니다.

승소머신 강변호사

가프 장편소설

7

[완결]

FUSION
FANTASTIC
STORY

도서출판

청어
람

승소머신
강변호사

Contents

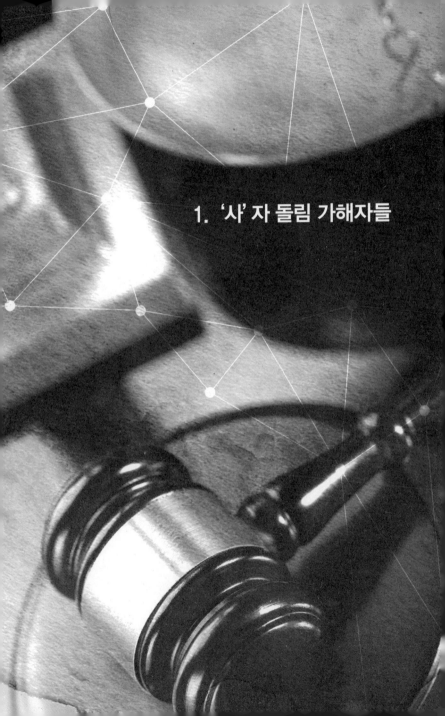

1. '사' 자 돌림 가해자들

꿀꺽!

리딩하던 창규도 그랬다. 쭉 빠져나갔던 맥이 제자리로 돌아오고 있었다. 홍상표는 거리를 두고 할머니를 쫓아갔다. 날은 어두웠다. 그리 번화한 동네가 아니라 인적도 많지 않았다. 그리고… 박스 할머니가 막 세평육거리의 한 골목으로 접어들었다. 사건이 일어난 그곳이었다. 순간, 홍상표의 걸음이 빨라졌다.

"……!"

힘겹게 박스 카트를 끌고 가던 할머니가 척추를 곤두세웠다. 이제는 하느님도 세울 수 없는 굽은 척추. 용암보다 뜨거운 무엇이 들어오면서 저절로 펴진 것이다. 홍상표의 송곳이 불덩이처럼 들어온 까닭이었다.

하지만 불덩이는 그게 끝이 아니었다. 홍상표는 자꾸자꾸 불덩이를 쑤셔 넣었다. 송곳의 불덩이는 조금씩 온도가 내려갔다. 이제는 더 아프지 않다고 느끼는 순간, 할머니는 어어어 신음을 내며 박스에 기대 무너졌다.

홍상표는 어둠 속으로 걸었다. 처음에는 차분하게, 하지만 곧 속도가 붙었다. 이 동네의 길은 잘 알고 있었다. 가난한 동네라 할머니들이 많았다. 장 보러 가는 할머니도 많았다. 그래서 여기저기 그물을 놓듯 옮겨 다니며 금반지와 금목걸이 등을 털던 홍상표. 골목 두 개를 휘돌아 언덕의 도로로 나왔다. 세평육거리로 이어지는 도로 중의 하나였다.

와다다다!

그의 귀에 오토바이 소리가 들렸다. 배달 오토바이였다. 오토바이는 육거리 골목 앞에서 멈췄다. 엉망으로 쓰러진 박스 앞이었다.

띠뽀띠뽀!

잠시 후, 구급차가 오는 걸 보며 홍상표는 발길을 돌렸다.

'송곳……'

창규의 리딩은 이제 홍상표의 송곳에 있었다. 송곳에는 피와 지방이 맺혀 있었다. 얼마나 갔을까? 언덕 위로 자연축대가 보였다. 그 위의 언덕에는 아파트가 자리를 잡았다. 경사진 공간에는 풀이 우거졌다. 경사 때문에 사람 발길이 닿지 않는 곳이었다. 송곳은 그곳으로 던졌다. 무성하게 자란 개나리 가지 사이로 송곳이 떨어졌다. 그러고 보니 손아귀가 아팠다. 너무 많이 찌른 까닭에 손이 까져 피가 나고 있었다.

퉤!

홍상표는 침을 뱉고 걸었다. 걸으며 제 손을 빨았다. 다음 날 그는 동네 병원 신세를 졌다. 생각보다 많이 까져서 치료가 필요했던 것.

대반전.

'나이스!'

물건을 내려놓은 창규가 세평육거리로 뛰었다. 이미 10년 전의 일. 그 언덕은 그대로일까? 아직도 개나리가 우거졌을까? 세평육거리로 나온 창규가 방향을 가늠했다. 그때 보이던 약국은 없었다. 하지만 헌 책방은 아직도 있었다. 사건 당일에는 문을 닫았던 헌 책방. 그 인도를 따라 뛰었다. 홍상표가 돌아 나온 위치를 향해.

'여긴가?'

홍상표의 자리에서 범행 현장을 내려다보았다. 거기서 몸을 돌렸다. 리딩 기억을 더듬으며 걸었다. 제발, 제발 그 아파트

아래의 언덕이 나오길 기대하면서.

"......!"

이 정도라고 생각하는 곳에 도착했을 때 창규 눈에 불이
번쩍 들어왔다.

띠뽀띠뽀!

검찰 수사관을 태운 차량들이 경광등을 번쩍거렸다. 창규
의 연락이었다. 이번에는 강력반장이 아니라 이혁재 부장검사
에게 제보를 했다. 지난번 수사에 협조했으니 도와주리라는
확신이 있었던 것이다. 게다가 이 건은 석계수 사건과 통하는
점이 있는 사건. 그에게는 명예회복의 계기가 될 수도 있었다.

수색은 창규가 직접 할 수도 있었다. 하지만 그렇게 되면
복잡해질 가능성이 컸다. 그렇기에 수색부터 검찰에게 넘긴
창규였다.

"그쪽 좀 체크해 주세요."

창규가 랜턴을 가리켰다. 홍상표의 스윙 궤적을 맞춘 거리
였다. 개나리 덤불은 생각보다 깊었다. 어떤 가지는 1미터도
넘었다.

"차근차근 뒤지라고."

함께 나온 이혁재가 수사관들을 독려했다. 여섯 수사관은
한 줄로 늘어서 꼼꼼하게 수색을 진행했다. 그리고 마침내 한

수사관이 덤불에 랜턴을 비추며 소리쳤다.

"여기 송곳이 있습니다."

그는 장갑부터 꼈다. 그런 다음 동료들의 도움을 받아 송곳을 집어 들었다. 길이만 해도 30㎝에 가까운 송곳. 녹이 잔뜩 슬었지만 형태는 그대로였다.

'후우!'

창규는 그제야 안도의 숨을 쉬었다.

구속영장이 떨어졌다. 하지만 아쉽게도 검거는 실패하고 말았다. 수사관들이 빈집에 들이닥쳤던 것. 마트에서 소주를 사서 돌아오던 홍상표는 사생결단 도주를 했다.

가택수색에서 금반지와 금목걸이, 금팔찌 등의 장물이 많이 나왔다. 미처 처분하지 못한 물건들이 남았던 것이다. 검찰은 홍상표의 연고지와 지인들을 중심으로 수사관을 풀어놓았다.

그사이에 물증에 대한 과학수사가 진행되었다. 10여 년 풀숲에 방치된 송곳이지만 유전자 반응이 나왔다. 꼬챙이 부분에서 박스 할머니의 유전자가 나왔고, 손잡이에서는 홍상표의 유전자가 나왔다. 빼도 박도 못하는 증거였다.

병원 측 교차 확인도 끝났다. 창규가 리딩한 10년 전의 병원. 그곳에 홍상표의 진료 기록이 남아 있었다. 검찰에서 확인할 결과 홍상표의 힘과 피살자의 피부, 난자(亂刺) 횟수를 고려하니 찰과상의 상처와 들어맞았다. 이제 남은 건 홍상표의 검거. 수사관들은 전국을 누비며 포위망을 좁혀가고 있었다.

창규는 DNA 검사 결과 사본을 하나 얻었다. 그걸 들고 찾아간 곳은 주무학에게 살인자 딱지를 붙여준 김경환이 근무하는 경찰서였다. 그는 같은 시 내에서 다른 경찰서로 옮겨가 있었다.

"변호사시라고요?"

이제는 어엿한 경감이 된 김경환. 거드름까지 피우며 휴게실로 나왔다.

"여기……."

창규가 명함을 건넸다.

"강창규 변호사님? 저하고는 초면 같은데……."

"맞습니다."

"혹시 사건 수임 때문에 오셨으면 저녁 때 조용한 데서……."

김경환의 입가에 느끼한 미소가 스쳐 갔다. 경찰들 중에도 브로커가 있었다. 과거 창규가 쓰던 사무장이 잡았던 줄도 그것이었다. 큰 사건의 보호자가 오면 슬쩍 귀띔을 하는 것이다.

―이거 그냥은 안 돼요. 변호사 사세요.

―이 사람이 이쪽 전문가예요. 비용도 저렴하니까 상담 받아보세요.

은근슬쩍 명함을 건네주며 추천하는 수법이다. 다급한 보호자들은 십중팔구 그리 갈 가능성이 높아진다. 정식 수임이 되면 수임료의 30%, 많게는 50%까지도 꿀꺽하시는 게 브로커들이었다.

"아, 그렇군요."

창규가 슬쩍 장단을 맞춰 보였다.

"요즘 찾아오는 변호사가 한둘이어야 말이죠. 이거 제 전화번호니까 7시 이후에 전화 주세요."

"그건 됐고요, 보여 드릴 게 있어서요."

"예?"

"이거······."

창규가 검찰 분석 결과를 디밀었다.

"뭡니까?"

예상이 빗나가자 기분을 잡친 김경환. 신경질적으로 결과지를 향해 시선을 돌렸다.

"주무학 아시죠? 10년 전에 경감님이 살인범으로 잡아넣은······."

"······?"

"제가 그 사람 재심 청구를 맡은 변호인입니다."

"그럴 리가? 그 친구 변호는 민권변 이백승이가······."

김경환이 눈자위를 구겼다. 자신과 관련된 일이니 체크하고 있는 눈치였다.

"그게 제게 넘어왔습니다."

"……."

"한 가지만 묻고 싶습니다. 주무학 말입니다. 어째서 살인범이었나요?"

"뭐요?"

"증거를 묻고 있습니다만."

"그거야 수사 기록과 공소장에 나와 있지 않습니까? 본인이 인정했고 타투 도구로 미친 듯이 찔렀어요."

"그 타투 도구 말입니다. 피살자의 상흔과 일치하는지 입증되었던 건가요?"

"이봐요."

"수사 중에 주무학의 아버지를 만났었죠?"

"예?"

"뭘 했나요?"

"이 사람이… 당신 변호사면 다야? 지금 뭐 하자는 거야?"

"어떤 비리 견찰이 말입니다. 수사 중에 알게 된 비리를 가지고 피의자 부모를 협박해 돈을 갈취해 간 적이 있거든요. 1억 3천만 원이었죠? 물론 김 경감님 같은 분은 아니겠지만 말입니다."

"……!"

"이건 검찰에서 가져온 따끈한 결과지입니다. 홍상표라고 아시죠? 이 사건의 진범으로 제보된……."

"······!"

"당시 그가 범행에 사용한 송곳은 찾아냈고 거기서 DNA도 나왔습니다. 지금 검찰이 추적 중이니 곧 체포가 될 겁니다. 아니, 어쩌면 지금쯤 이 경찰서에도 수배령이 내려왔을지도······."

"······!"

김경환의 눈빛이 위태롭게 흔들렸다.

그의 안면 근육에도 지진이 났다. 창규는 느긋하게 즐기며 뒷말을 이어놓았다.

"주무학의 재심 첫 공판에 당신을 증인으로 요청할 겁니다. 그때 이것저것 묻게 될 겁니다. 그때 무슨 답변을 할 건지 잘 생각해 보고 나오시기 바랍니다."

무슨 잔머리를 굴리든 소용없겠지만.

그 말만은 아껴두었다.

두 번째 리딩 대상은 당시 수사 검사였다. 그는 수원지검을 끝으로 검사 생활을 마치고 서울에서 개업을 했다. 하지만 별다른 소득이 없었다. 경찰에서 올린 수사 기록. 대충 살핀 까닭에 나름 문제가 없었다. 한 가지 문제라면 피의자의 심경 변화였다.

"검사님, 드릴 말씀이 있는데요."

그렇게 시작한 피의자의 본론은 '살인하지 않았다'였다.

"이 새끼가 지금 장난을 하나? 여기가 어딘 줄 알아? 검찰이야, 검찰!"

수사관의 따귀가 날아갔다. 경찰과는 판이하게 다른 중압감. 어린 주무학은 더 이상 말을 꺼내지 못했다. 검사는 증거물로 압수된 타투 도구를 보았다. 다양했다. 거기 딸려온 기다란 꼬치 송곳은 돼지갈비를 꿰고도 남을 것 같았다.

피의자는 문제아. 폭력으로 경찰서를 드나든 것만 해도 십여 회에 크고 작은 학교 폭력의 온상. 마침 학교 폭력 근절까지 외치고 있던 판이라 쓰레기 인생으로 보였다.

검찰 수사는 그렇게 끝났다. 검사 입장에서 보면 주무학은 잡범. 수사관들도 주무학의 인권 따위는 안중에도 없었다. 경찰과는 다를 것으로 생각했던 주무학. 오히려 단수 높은 가혹 행위를 맛보고 말았다.

수사 종결.

잡범을 붙잡고 씨름할 시간이 없었다. 검사에게는 더 골치 아픈 사건들이 밀렸던 것이다.

허얼.

황당하지만 넘어갈 수밖에 없었다.

마지막으로 재판장을 체크했다. 주무학 공판 당시 재판장을 맡았던 주심판사는 형사부장이 되어 있었다. 정식으로 면담 신청을 했다. 다행히 신청이 허락되었다.

"강창규 변호사님?"

이대경 판사가 부장판사실에서 창규를 맞았다.

"시간 내주셔서 감사합니다."

"아닙니다. 이번에 주무학 재심 청구 변론을 맡았다고요?"

"예."

"하핫, 괜히 뜨끔한데요? 앉으시죠."

판사가 자리를 권했다. 창규는 작은 소파에 자리를 잡았다. 이대경은 생각보다 소탈해 보였다.

"그래 뭘 도와드릴까요? 증인 신청인가요?"

"나와주실 겁니까?"

창규가 일단 응수했다.

"솔직히 사법부 분위기상 나가기는 어렵습니다. 필요한 게 있으면 여기서 질문해 주세요. 녹취 같은 건 하지 마시고……."

"그럴 생각은 없습니다."

창규는 핸드폰을 꺼내 녹음 의사가 없음을 밝혔다.

"면담 신청이 왔길래 어떤 분인가 좀 알아봤어요. 처음에는 민권변이라고 알았는데 변론인이 바뀌었더라고요?"

"맞습니다. 이백승 변호사님이 갑자기 지병이 도져서……."

"소문 들었습니다. 덕분에 저는 늑대를 피하고 호랑이를 만난 셈인가요?"

"예?"

"이백승 변호사 말입니다. 미늘이라고 소문난 재판부 저격수죠. 사소한 실수 하나까지도 쟁점으로 삼아 재판부의 혼을 빼놓거든요."

"예……."

"그런데 강 변호사님 변론 기록을 보니까 저격수 위의 미사일이더군요. 목표물을 어떻게든 쫓아가서 Boom!"

"과찬이십니다."

"아무튼 요즘 판사 해먹기도 겁이 납니다. 이렇게 대단하신 분들이 즐비하니… 그건 그렇고 용건을 말씀하시죠. 기 말씀드린 바처럼 곧 부장판사 회의가 있어서요."

"한 가지만 여쭈려고요."

"뭐든지……."

"당시의 선고에 후회 없으십니까?"

"인간이란 게 완벽할 수 없지요. 하지만 당시 제출된 증거만으로 고려한다면 저는 같은 형량을 선고할 수밖에 없을 겁니다."

"그때 두 가지 변수가 있었더군요."

"변수라고요?"

판사가 고개를 들었다. 창규의 시선은 그의 안경 속을 겨누고 있었다. 섭취물 리딩은 이미 끝낸 후였다.

"그날 오전 선고를 마치고 오후에 좋은 일이 있었죠?"

"오후?"

"대통령 훈장 말입니다."

"아, 맞습니다."

판사는 생각이 난 듯 손가락을 튕겼다.

"개인적으로는 축하를 드립니다. 주무학의 변론인 입장에서는 그렇지 못하지만……."

"……."

"또 하나는 지극히 개인적인 일이군요. 고등학교에 다니던 따님……."

"우리 딸이오?"

"주무학 사건을 심리하던 때였죠? 따님의 엉덩이에서 진달래 타투를 보게 된 것."

"그, 그걸 어떻게?"

"이 사건을 맡으면서 제보 몇 개를 받았습니다. 그때 따님에게 노발대발하시게 되었죠?"

"……."

"판사님은 타투라는 자체를 달갑게 생각하지 않으셨습니다. 그런데 귀한 딸의 엉덩이에 불경한 타투… 문신 업자를 잡아서 처벌하려고 했지만 따님이 끝내 업체를 말하지 않았죠?"

"맙소사… 그런 거까지 제보가 된단 말입니까?"

판사는 벌어진 입을 다물지 못했다. 그 일은 집안에서 벌어진 일. 아내와 판사, 그리고 딸 이외에 누구도 모르는 사건이었다.

"그런데 판사님은 그 업체를 처벌하셨습니다."

"내가요? 아닙니다. 우리 딸은 내게 난생처음 체벌을 받으면서도 말하지 않았어요. 잘 모르는 사람이 해줬다고만……."

"그래도 처벌하셨습니다. 그것도 아주 무겁게."

"강 변호사님……."

"따님의 타투… 공교롭게도 주무학의 솜씨였습니다."

"……!"

콰앙!

판사 뇌리를 뚫고 가는 천둥소리가 들렸다. 그러나 믿을 수 없는 이야기. 딸도, 주무학의 조서에도 그런 이야기는 나오지 않았다.

"사실 따님과 주무학은 잘 모르는 사이입니다. 그런데 따님은 친구가 있었죠. 어느 날 그 친구가 타투를 하고 와서 자랑을 했습니다. 그걸 보고 부러운 마음에 친구를 졸랐죠. 자기도 소개해 달라고. 둘은 그렇게 만났고 주무학은 그저 정성을 다해 타투를 새겨주었을 뿐입니다."

사실이었다. 여기서 자랑한 친구가 바로 유란이었다. 유란과 판사의 딸은 절친 사이. 공부도 잘 하고 반듯한 유란까지 타투를 하자 판사의 딸도 호감이 발동했던 것. 주무학은 유란을 걱정했지만 정작 다른 곳에서 부작용이 난 셈이었다.

"그, 그런……."

"아무튼 그런 일로 판사님은 타투에 대해 좋지 않은 감정이 생겼고 그 마음이 주무학의 판결에 영향을 미쳤습니다. 기억 나시나요? 당시 좌우배석판사들과 사건 논의를 할 때 우배석판사가 말했었죠? 타투 도구로 사람을 죽이는 게 가능할 수야 있겠지만 킬러도 아닌 열여덟 소년이 도로가 가까운 골목에서, 단순히 유흥비를 마련하기 위해 이렇게 무자비한 살인을 저지를 가능성은 낮지 않냐고?"

"……."

"그때 판사님은 그 의견을 묵살하셨죠? 신성한 육신에 타투 같은 해괴한 짓을 하는 범인 말에 놀아날 거냐고?"

"……."

"만약 주무학이 타투를 하는 사람이 아니었다면 어땠을까요? 따님이 타투를 하고 오지 않았다면 어땠을까요? 나아가 그 오후에 판사님이, 청와대에 훈장을 받으러 가는 게 아니었으면 어땠을까요?"

"……."

"그랬으면 검찰이 제출한 증거에 대해, 소년이 주장하는 결백에 대해 조금 더 관심을 가지고 선고를 하셨을까요?”

“…….”

“소년은 그저 또래들이 열광하니까 타투를 해줬을 뿐입니다. 따님에게도… 그 어떤 대가도 없이… 소년은 불량배처럼 보였지만 세상과 아버지의 부조리에 대한 저항의 표시였을 뿐입니다. 그가 저지른 소소한 폭력도 알고 보면 상대가 먼저 도발한 것이지 소년이 먼저 남의 침해하지 않았습니다.”

“…….”

“그럼에도 사람들은 색안경을 끼고 소년을 보았지요. 경찰서의 담당형사가 그랬고 검사와 수사관이 그랬고… 마지막 희망이던 판사님도…….”

“…….”

“외람되지만 판사님 따님의 엉덩이 위에 새겨진 고양이 타투가, 선고 전부터 판사님의 마음을 뺏어간 청와대의 훈장, 그 번쩍이는 쇳덩이가… 소년의 쇠창살 속 10년보다 더 소중했던 겁니까?”

“……!”

“이거… 이번에 그 사건 진범이 살인 때 사용한 증거물 분석 결과입니다. 진범도 곧 잡힐 겁니다만…….”

창규가 내민 건 형사에게 주었던 것과 같은 진범 홍상표의 검찰 결과지였다.

"……!"

결과지를 본 판사의 등골에 서늘함이 스쳐 갔다.

"모레가 공판입니다. 천지개벽이 하지 않는 한 이번에는 무죄가 나올 것으로 봅니다만……."

"……."

"혹시 도스토옙스키의 '카마라조프의 형제들'이라는 책을 아십니까?"

"물론이오."

"거기 보면 19세기 러시아 사법 정의를 통렬하게 조소하고 있지요. 카라마조프가(家)의 살인사건에 대해 검사와 판사, 변호사가 신들린 듯 사건을 해부하는데 그 목적은 다른 곳에 있었지요."

"……."

"바로 실체적 진실 규명이 아니라 자신을 과시해 법률가로서의 명성을 얻으려는 어이상실 진풍경."

"……."

"이번의 재심 청구에서 주무학의 무죄가 나온다면 저는 카라마조프의 형제들 책 속 장면 재현이 아닐까 생각하고 있습니다. 본질은 무고하게 피해를 입은 소년인데 모두가 책임은 회피하고 화려하게 자기 자신의 입지를 누리는… 변호인인 저도, 공판 검사도, 그곳의 재판장도… 장소를 바꿔 또 한 번 법조인의 권리를 누리는 자리가 아닙니까? 누구도 진실된 사과를 하지 않는다면?"

"……."

"포장만 요란한 과자 생각이 나서 외람되게 말해 보았습니다. 증인 신청은 해두었지만 나오시고 안 나오시고는 역시 판사님 자유겠죠."

창규가 일어섰다.

탁!

문소리가 났지만 판사는 여전히 움직이지 못했다. 그의 손에 들린 결과지만이 파르르 경련하고 있을 뿐.

공판을 하루 앞두고 창규가 일범을 회의실로 불렀다.

"찾으셨습니까?"

"주무학 공판 준비 끝났지?"

"예… 나름……."

"모두 변론은 권 변이 맡아."

"제, 제가요?"

놀란 일범이 고개를 들었다. 모두 변론이라면 첫 발언을 뜻한다. 그렇다면 그건 어떤 면에서 보나 창규의 몫이었다.

"언제까지 자잘한 변론만 할 거야. 이제 때가 되었어."

"하지만 이 건은……."

"결과 어떻게 예측해?"

"양심적 판결이 나온다면 무죄⋯⋯."

일범이 말했다. 그도 진행 상황을 알고 있었다. 창규의 혜안이 찾아낸 진범의 물증. 진범은 도주 중이라지만 물증이 검찰 손에 있으니 재판은 창규 쪽에 절대 유리했다.

"어떤 무죄냐가 문제지."

"예?"

"청구인 주무학, 무죄. 땅땅땅!"

"⋯⋯."

"별로 감동 없잖아?"

"그렇군요."

"10년이야. 한 달도 아니고 1년도 아니라고. 그 누구도 타인의 10년을 구속할 권리는 없어. 그게 설령 법이라고 해도."

"⋯⋯."

"그러니 뜨뜻미지근한 선고 말고 제대로 된 무죄를 안겨줘야지. 그들 가해자 중에서 누구라도 주무학에게 진심으로 사죄하는."

"선배님."

"석계수 때는 경험이 없었지. 하지만 결국 수사 검사였던 이혁재 부장검사가 사과의 뜻을 밝혔잖아? 법과 개인은 다르지만 가해자의 사죄야말로 최상의 보상이 될 수 있지."

"그래서 당시 수사와 재판 라인에 있던 분들을 좌라락 증인 신청을 하셨군요?"

"검사와 판사는 안 올지도 몰라. 하지만 형사와 수사관들은 오게 될 거야. 곁가지부터 확실하게 잡아두고 몸통들 반성을 기대하자고."

"으아, 갑자기 마구 흥분되는데요?"

"공판 전에 진범이 잡히면 대박인데."

"선고 전에만 잡혀도 대박 아닙니까?"

"뭐 그렇긴 하지."

"아까도 검찰 쪽에 체크했는데 경남의 동생 집 근처에서 수상한 차량을 놓쳤다고 하더군요. 수사망이 좁혀지고 있으니 염려 말라고……."

"오케이. 우린 우리 일이나 제대로 점검하자고. 아무튼 내일 모두 변론 알지?"

"예, 한번 해보겠습니다."

일범의 눈에서 결의가 훨훨 타올랐다.

"강 변호사님."

법원 앞, 창규가 차에서 내리자 이백승이 달려왔다.

"어, 왜 병원에 안 계시고……."

"제 짐을 맡겨뒀는데 병원이 문제입니까?"

"항암 치료는요?"

"원래는 지금 맞아야 하는데 저녁 때로 미뤘습니다."

"머리가 많이 빠지셨네요?"

"아, 예… 그나저나 인사가 늦었습니다. 홍상표 물증을 찾아 냈다고요?"

"하늘이 돌본 모양입니다."

"대단합니다. 저도 그 생각을 했지만 경찰도 검찰도 두 손을 든 일이라… 대체 어떻게 된 겁니까?"

"별건 아니고… 저를 돕는 분들이 있는데 그분들에게 의견을 여쭤봤더니 다양한 의견이 나왔어요. 그중 하나가 범행 현장 바로 인근 수색이었죠."

"아!"

"왜 경찰들이 실종자나 변사체 같은 게 나오면 그 인근 산까지도 전부 수색하지 않습니까? 이 경우는 도시이고 10년이나 지난 일이라 의미가 있을까 싶었지만……."

"역시… 저하고는 급이 다르군요. 저라면 그런 생각 못 했을 겁니다. 10년이라는 시간에 핑계를 대고 말입니다."

"선고 나오면 찾아뵈려고 했는데……."

"진범의 물증이 나왔으니 게임은 기운 거 아닙니까? 범인이 도주 중이라는 게 좀 아쉽지만."

"이 변호사님이 이렇게 신경을 쓰니 곧 잡힐 겁니다."

"아무튼 면목 없지만 오늘 선방을 기대합니다."

"최선을 다하겠습니다."

창규가 대답했다. 이백승은 주무학에게도 뜨거운 응원의 힘을 실어주었다.

"재판장님 입정하십니다."

마침내 재판부가 들어섰다. 창규는 변호인석에 있었다. 옆에는 일범이 포진했고 재심 청구의 주인공 주무학도 옆자리를 지켰다.

검찰 쪽에서는 중견 공판 검사를 내세웠다. 그들의 입장도 이대경 판사와 다르지 않았다. 민권변의 이백승 변호사가 하차를 하자 쾌재를 부르는 분위기였지만 그 대타가 창규였다. 중량감은 떨어진다고 해도 다크호스로 떠오른 신예 변호사. 잘못 걸리면 개망신을 당할 우려가 있었다.

하지만 검찰은 나름 승부수가 있었다.

─자백과 물증.

그 물증은 타투 도구와 함께 압수된 가늘고 긴 송곳. 사건 당시 국과수 쪽 부검서도 다시 준비해 놓았다. 살해 도구의 일종으로 볼 수 있다는 의견이었다.

"원고 주무학의 재심 공판을 시작합니다."

재판장이 개정을 알렸다. 첫 발언은 일범이 맡았다. 그도 이제 어엿한 스타노모의 변호사. 크고 작은 경험을 쌓았으니 선봉에 서볼 만하다고 판단한 창규였다.

"원고 주무학, 잠시 일어나 주십시오."

일범이 주무학을 바라보았다. 창규가 눈짓을 주자 주무학이 일어섰다. 그의 손에는 수감되던 때의 고2 사진이 들려있었다.

"원고 주무학은 10년 만기 출소를 했습니다. 그가 처음 법정에 섰을 때, 그의 나이는 열여덟이었습니다. 그는 이제 스물여덟이 되었습니다. 인생의 3분의 1 이상을 차가운 교도소에서 보냈습니다. 왜 그랬을까요?"

일범은 창규처럼, 재판부와 공판 검사석을 바라보았다. 그 눈빛이 자못 준엄했다.

'권 변호사님, 파이팅.'

방청석에 자리를 잡은 사무장은 허공에 대고 주먹을 쥐었다. 일범 옆에 거목처럼 버티고 선 창규. 사무장은 이 재판정이 하나도 두렵지 않았다.

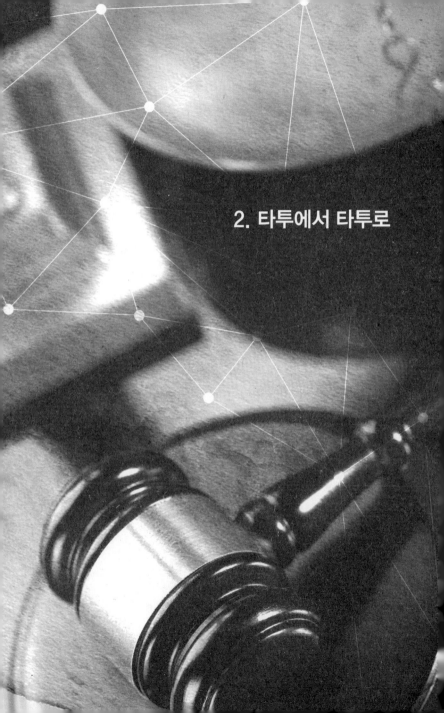

2. 타투에서 타투로

　"소년 주무학은 당시 피의자였습니다. 그때 소년은 오직 하나의 희망을 안고 있었습니다. 경찰의 협박과 폭력, 기만에 의한 자백… 검찰의 외면… 그러나 죄의 유무를 가려줄 사법부만은 소년의 결백을 알아 이렇게 선고해 주기를 바랐습니다. 주무학 무죄, 땅땅땅!"

　일범의 목소리가 법정을 울렸다. 공판 검사가 안면 근육을 실룩거리지만 아직은 나서지 않았다.

　"그 길고 긴 10년의 세월을 지나 소년이 이 자리에 왔습니다. 그러나 그 십 년 후에도 장벽은 있었습니다."

일범의 시선이 방청석을 향했다. 이백승을 필두로 기자들과 인친척, 시민 단체와 민권변 관계자들이 빽빽한 방청석이었다.

"현실이라는, 무책임이라는 벽이었죠. 진범에 대한 제보가 들어와 홍상표를 수사하고도, 경찰과 검찰은 그를 풀어주는 과오를 다시 한번 범했습니다. 그러나 하늘은 소년의 편이었습니다."

일범의 눈이 다시 공판 검사에게 돌아갔다.

"소년은 이제 그 십 년의 갈망으로 검찰과 사법부에 요구하고 있습니다. 잃어버린 십 년, 짓밟힌 십 년을 돌려달라고. 그가 결백했음을, 그가 무죄임을 명명백백히 대한민국에 선고해 달라고."

판사들을 바라본 일범이 모두 발언을 마치고 자리로 돌아왔다.

'잘했어.'

창규는 말 대신 엄지를 세워 보였다. 잔뜩 상기된 일범은 그제야 마른침을 넘겼다.

"존경하는 재판장님."

공판 검사가 서류를 들고 나왔다.

"청구인에게는 유감스러운 일이지만 당시 수사 과정에는 문제가 없었습니다. 당시 검찰 서류를 보면 수사 검사와 수사관이 경찰의 가혹 행위에 대해 질문한 조항이 있습니다. 피의자는 피력하지 않았다고 기록되어 있습니다."

"검찰 주장에 이의 있습니다."

창규가 손을 들었다. 판사가 신호를 주었다. 발언권 인정이
었다.

"검찰 측 주장에 대해 당시 수사관이던 변정재 씨를 증인
신청합니다."

"수락합니다."

재판장의 허락과 함께 수사관이 증인대로 올라왔다.

"방금 공판 검사가 주장한 질문 조항을 작성한 사실이 있
죠?"

창규가 증인신문에 나섰다.

"그렇습니다."

"당시 조사실에는 수사관과 피의자 둘만 있었죠?"

"그렇습니다."

"수사관은 해물짬뽕을 먹었고 피의자는 먹지 않았죠?"

"재판장님, 변호인은 지금 본 건과 무관한 질문으로 본질을
흐리고 있습니다."

공판 검사가 태클을 날렸다.

"관련 있습니다."

창규가 받아쳤다.

"짬뽕과 가혹 행위 질문이 무슨 관련이 있다는 겁니까? 변

호인의 분위기 조성용 아닙니까?"

"짬뽕을 먹고 나서 나무젓가락으로 청구인의 얼굴과 가슴을 마구 찔렀거든요. 가혹 행위가 있었다고 하자, 그게 뭐냐고 물었고 김경환 형사의 가혹 행위를 몇 가지 언급하자 일어난 일입니다. 너 같은 살인마에게 그 정도는 가혹 행위가 아니라며 말입니다."

"변호인."

"아닙니까? 변정재 수사관. 정확히 열네 번을 찔렀고 젓가락이 부러지고서야 끝냈죠? 그것도 부러진 젓가락을 청구인의 얼굴에 내던진 후에."

창규의 시선이 증인을 겨누었다.

"그, 그건……."

"그런 사실이 있습니까, 없습니까? 그것만 말하세요!"

"잘 생각나지 않습니다."

"짬뽕을 시켜 먹은 사실은요?"

"있… 습니다."

"젓가락은요?"

"……."

"당시 중국집에 새로운 젓가락을 가져오라고 했다가 취소한 적이 있었습니다. 아닙니까?"

"……!"

"지금이라도 사죄할 용의 없습니까?"

"……."

"이상입니다."

창규가 돌아섰다. 명시적 사죄는 나오지 않았지만 그의 표정이 모든 걸 말해주고 있었다. 공판 검사는 수세 만회에 나서지 않았다. 그는 진범의 증거자료를 받은 후였다. 그러나 검찰의 위신이 있었다. 게다가 진범은 현재 도주 중. 그렇기에 검찰의 면피성 주장을 굽히지 않았다.

그러나 창규의 입장은 달랐다. 이번 기회에 사법부의 심장에서 잘못된 수사 관행과 재판에 일대 경종을 울릴 생각이었다. 그래서 홍상표도, 당시 선고 판사도, 나아가 검사와 김경환 등의 초동수사 형사들까지 모조리 증인으로 신청해 놓은 것이다.

두 번째 진격 나팔은 재판부에 대한 성토였다. 타투 도구는 살인 도구가 아니었다. 알코올로 닦았다지만 다른 혈흔과 DNA는 일부 나왔다. 하지만 피살자의 것은 나오지 않았다. 그럼에도 피살자의 것만 씻겨 나갔을 거라는 예단은 치명적인 오판이라는 주장을 펼친 것이다. 즉 검경이 꿰어 맞춘 증거물에 재판부가 부화뇌동한 것. 그 또한 중대 과실에서 자유로울 수 없다는 변론이었다.

여기서 기가 막힌 뉴스가 들어왔다. 사무장의 사인이었다.

사전에 미리 정한 약속. 혹시라도 진범 홍상표가 검거되면 알려달라고 했던 그 사인이 보인 것이다.

'대박!'

창규는 끓어오르는 호흡을 차분하게 골랐다.

"검찰 측."

창규가 검사를 쏘아보았다. 공판 전략지를 체크하던 검사가 고개를 들었다.

"방금 말씀하시길 진범의 유무에 대해 아직 속단하기 이르다고 하셨죠?"

"그렇습니다만."

"그 진범이 지금 검거되었습니다."

"……?"

"확인해 보시죠."

"……!"

공판 검사의 미간이 확 일그러졌다. 그는 서둘러 핸드폰을 보았다. 그에게도 문자가 들어오고 있었다.

[세평육거리 박스 할머니 진범 홍상표 검거—압송 중 물증 자료를 보고 범행 일체 자백.]

재판정의 분위기가 급변했다. 그렇잖아도 창규 쪽으로 흐르던 분위기가 격류로 변했다.

짝짝짝!

정보를 잡은 방청객들이 박수를 보내주었다. 그 바람에 몇몇 고개를 갸우뚱거리던 방청객들도 일체 창규 편으로 기울었다.

"이 조작사건의 시발점인 김경환 당시 수사 형사를 증인으로 요청합니다."

창규가 대세에 올라탔다. 하지만 그가 보이지 않았다.

'뭐야?'

창규가 골똘해졌다. 어제, 창규는 그에게 못을 박아두었다. 넌지시 암시한 그의 비리와 작태들. 증인을 거부하면 낱낱이 공개할 수도 있다는 통보였다.

"가겠소."

그의 대답도 들었었다. 그런데… 모습이 보이지 않는 것이다.

"증언 거부인 것 같은데요?"

일범이 나지막이 속삭였다. 그때 법정 경위가 우배석 판사에게 뭔가를 건네주었다. 그 쪽지는 이내 재판장에게 건너갔다.

"잠시 휴정하겠습니다. 청구인 변호인과 검찰 측은 내 방으로 와주세요."

세 판사가 일어섰다. 방청석이 술렁거렸다. 급작스러운 휴정. 대체 무슨 일이 일어난 것일까?

"······!"

재판장 방에서 창규의 머리카락이 쭈뼛 각을 세웠다.

턱!

재판장이 내놓은 건 유서 복사본이었다. 놀랍게도 김경환의 유서였다. 증인으로 출석하기로 한 김경환. 자택 화장실에서 목을 매단 것이다. 그가 남긴 유서는 몇 줄뿐이었다.

미안하다. 일이 많이 꼬였다. 먼저 간다.

유서를 확인한 검사가 한숨을 쉬었다. 창규는 자리를 털고 일어섰다. 검사의 얼굴은 구겨졌지만 창규는 반갑지 않았다. 이번 사건의 흐름은 석계수의 건과 달랐다. 그때는 피해자가 죽고 없었던 일. 그렇기에 이번에는 가해자들을 법정에 세워 그들의 입으로 사과를 듣게 할 생각이었다. 재판정에서 김경환의 입을 통해 듣고 싶었던 고백들. 그러며 만인에게 똑똑히 각인시키고 싶던 주무학의 결백. 그런데 자살이라니··· 그럴 용기가 있다면 피해자에게 보여줄 것을······.

"선배님."

사무장과 대화하던 일범이 창규 옆으로 다가왔다.

"청구인에게 살인죄를 덮어씌운 최초 수사 형사가 자살을 했다네."

"예?"

"어머!"

일범과 사무장이 소스라쳤다.

"이렇게 되면 클라이맥스 없는 무죄 선언이 나올 판이야."

"아, 그 인간들… 구려도 된통 구렸던 모양이군요."

"그래……."

창규 입가에 쓴 웃음이 스쳐 갔다. 김경환… 그는 정말 못된 인간이었다. 어린 주무학이 항변처럼 외쳤던 아버지의 비리와 불륜들. 그걸 빌미로 김경환의 등을 쳤던 것이다. 그 죄를 덮어주는 대가로 받은 돈이 1억 3천만 원. 동시에 주무학에 대한 묵시적 학대 권리까지 덤으로 받았던 악당이었다.

창규는 그것까지 깔 생각이었다. 증거와 물증으로 수사해야 할 일선 형사의 일탈. 그건 비단 주무학의 아버지 경우만이 아니었으니 그의 비리와 불법적인 작태는 셀 수도 없이 많았다.

말하자면 거기가 이 공판에서의 클라이맥스였다. 왜냐하면 당시 수사 검사와 재판장은 증인으로 나올 가능성이 희박한 까닭이었다.

다시 공판이 시작되었다. 꿩 대신 닭이라고 당시 수사반장을 쪼아 소기의 성과를 올렸다.

"가혹 행위를 직접 보지는 못했지만 가혹 행위를 의심할 일은 있었던 게 사실입니다. 당시 수사 책임자의 하나로써 피해자에게 심심한 사과를 전합니다."

수사반장은 그 말을 끝으로 증언대를 내려갔다.

이제 마지막 증인은 당시 수사 검사와 재판장. 힐끔 증언대 기석을 보니 두 의자가 다 휑하니 비어 있었다.

"사법부 분위기상 증인 출석은 곤란합니다."

이대경 재판장이 한 말이 뇌리를 스쳐 갔다. 이미 옷을 벗은 검사 또한 나올 가능성은 희박. 재판장도 이제 공판을 마무리할 눈치로 보였다. 바로 그때 재판정 뒷문이 열렸다. 그리고… 거짓말처럼 한 사람이 들어섰다.

이대경 판사였다.

"……!"

모두의 입이 쩌억 벌어졌다. 현직 판사. 관례상 나오지 않을 게 명백했던 사람. 그런 그가 증인석에 앉은 것이다. 그는 담담하게 증인 선서까지 마치고 창규를 바라보았다.

"시작할까요?"

넋을 놓은 창규에게 먼저 말을 건네는 이대경.

"선배님."

일범이 창규 등을 밀었다. 그제야 정신 줄이 돌아온 창규
가 주춤 자리에서 일어섰다.

"증인……."

이대경 앞으로 다가선 창규가 뒷말을 이어갔다.

"주무학 사건 당시 선고를 내렸던 재판장님이 맞지요?"

"맞아요."

"우선 어려운 걸음 해주셔서 고맙습니다."

"당시 판사로서 도리입니다."

"딱 한마디만 묻겠습니다. 당시 판결이 공정했다고 생각하
십니까?"

창규가 물었다. 한마디의 질문이지만 모든 사람들의 관심이
쏠렸다. 이대경은 창규를 바라보며 간단하게 대답했다.

"네!"

"……?"

창규가 고개를 발딱 들었다.

네?

귀를 의심했지만 그 대답은 맞았다. 어쩌면 창규에게 협조
하기 위해 나온 것으로 기대했던 창규. 순식간에 푸른 초원을
강타하는 시베리아의 한풍을 느꼈다.

"살인 혐의 인정에 10년 형이 공정했단 말입니까?"

"그렇습니다."

이대경은 거듭 강조했다.

"우!"

방청석에서 야유 섞인 신음이 새어나왔다.

"이대경 판사님."

"당시에는 그랬습니다. 당시로 돌아간다고 해도 그럴 겁니다. 이미 일어난 일을 여기서 말을 바꾼다고 청구인에게 위로가 되지는 않을 테니까요."

거기서 창규의 미간이 또 구겨졌다. 반대로 가는 줄 알았던 이대경이 다시 창규 쪽으로 유턴하는 신호였다.

"변호인께서는 혹시 '카라마조프의 형제들'이라는 책을 아십니까?"

"⋯⋯?"

한 번 더 흔들리는 창규. 이건 창규가 그에게 던졌던 암시가 아닌가?

"혹시 검찰 측은 아십니까?"

"⋯⋯."

이대경이 공판 검사를 바라보았다. 느닷없는 말에 검사도 입을 다물었다. 이대경의 질문은 재판부로 넘어갔다.

"판사님들은 아십니까?"

"읽은 기억이 있습니다만."

대답은 우배석 판사 입에서 나왔다.

"거기 보면 부친 살해사건에 대해 검사와 변호사, 판사가 법정에서 굉장한 변론 대결을 펼치지요. 심리 분석과 사건의 전개에 대한 추리는 지금 읽어도 혀를 내두를 정도로 명쾌하고 치밀합니다. 하지만 그건 단지 그들의 유명세를 위한 말의 성찬에 불과하지 피고와 원고를 위한 일이 아니었다고 합니다."

이대경이 방청석을 바라보았다. 텅 빈 눈빛이다. 하지만 기자들과 방청객들은 그 빈 눈에 홀린 듯 이대경에게서 눈을 떼지 못했다.

"지금 이 자리를 돌아보니 10년 전, 변호사와 검사, 그리고 재판장이었던 저는 그 책 속의 한 장면이 아니었나 싶은 생각이 듭니다. 한 소년의 인생이 걸린 일을… 재판이라는 형식에 맞춰, 검찰과 변호사, 재판부가 서로의 권위를 누리며 지나간……."

이대경의 눈이 주무학과 마주쳤다. 주무학은 피하지 않았다. 이대경의 눈빛이 오히려, 슬쩍 방향을 틀었다.

"재판부의 한 사람으로서 지나간 선고에 대해서는 할 말이 없습니다. 하지만 오늘의 저는 재심을 청구한 주무학 씨의 잃어버린 10년에 대해 이 자리를 빌어 심심한 유감을 전합니다."

"우."

기자들 몇이 전격적으로 일어섰다.

"앉아주세요."

법정 경위들이 질서를 위해 주의를 주었다. 기자들은 주섬 주섬 착석을 했다.

"변호인, 증언을 마쳐도 될까요?"

이대경이 창규에게 물었다.

"예."

"검찰 측은?"

"예."

공판 검사도 고개를 끄덕거렸다. 상대는 중량급 판사. 검찰 쪽에서 요청한 증인도 아니었으니 왈가왈부할 입장도 아니었다.

"마지막으로 제가 감히 증인석에 선 이유를 말씀드리자면, 여기 있는 강창규 변호사 때문입니다. 아까 '카라마조프의 형제들'이라는 책을 언급했는데 당시 러시아의 법조인들이 다 그렇게 이기적인 것은 아니었습니다. 저는 그렇게 믿습니다. 우리의 법조계에도 저를 무려 여섯 시간이나 기다려 결국 제가 잊었던 과거의 부채 의식을 돌아볼 수 있게 만든 강창규 변호사가 있듯이 말입니다."

이대경은 창규와 재판부에게 정중한 인사를 남기고 퇴장했다.

짝짝!

창규의 뒤통수에 박수가 날아들었다. 이번에는 도병찬이 아니었다. 이백승이 먼저 박수를 친 것이다. 그 뒤를 따라 젊은 기자들도 가세를 했다.

짝짝짝!

박수는 길게 이어졌다. 창규가 인사를 하고 돌아간 후에도 그랬다. 그 박수는 이제 재판부를 겨누고 있었다. 이대경 판사의 용기처럼 멋진 선고를 내려달라는 격려이자 압박이었다.

"청구인, 최후 진술 하세요."

재판장이 주무학에게 발언 기회를 주었다. 창규가 주무학에게 눈짓을 보냈다.

'마음 놓고, 마음대로 말하세요.'

창규의 격려를 등에 업고 일어난 주무학. 처음에는 입을 떼지 못했다. 하지만 창규가 한 번 더 신호를 주자 그제야 그의 입이 열렸다.

"10년 전, 저는 독 안에 든 쥐였습니다."

첫마디부터 비장했다.

"제 주변에는 호랑이들뿐이었고 저는 숨도 제대로 쉬지 못했습니다. 누군가는 저를 구해주리라 믿었지만 아무도 손을 내밀지 않았습니다. 제 주변의 모든 사람들은 제가 범인이기를 원했고 범인이기를 바랐습니다."

"……"

주무학의 말이 잠시 쉬는 동안 법정은 침묵을 지켰다.

"제게는 모두가 가해자였죠. 하지만 지금은 다릅니다. 저를 구해주려는 손이 가까이 있음을 느낄 수 있습니다."

주무학이 창규를 바라보았다. 콧등이 시큰해진 창규가 고개를 숙였다. 10년 전에도 변호사는 많았다. 그때 그들은 다 무엇을 했을까?

"교도소의 10년 동안, 저는 절망과 희망을 비벼 먹으며 살았습니다. 기적의 싹이 틀 리 없는 추운 교도소, 그 안에서 말입니다. 저는 세상이 싫었습니다. 왜 나한테만 이러는 건지, 내가 무슨 잘못을 한 건지, 죽어가는 할머니를 보고 119에 신고한 게 이렇게 큰 죄가 되는 건지……"

주무학의 손이 경련을 했다. 10년을 되새김질한 소년의 마음은 높이도 없는 격랑의 파도와 싸우는 중이었다.

"때로는 제가, 저도 모르는 사이에 진짜 범죄를 저지른 건가 착각도 했습니다. 그렇지 않다면 왜 모든 사람이 나에게 살인범이라는 손가락을 겨누었을까요?"

"……."

여전히 침묵하는 법정.

"하지만 그럴 리 없다는 것, 저는 잘 알고 있습니다. 저는 결코 할머니를 죽이지 않았고 지난 10년 동안 단 하루도, 제 무죄를 잊은 적이 없습니다."

"……."

"그러므로 재판장님."

잠시 숨을 고른 주무학이 재판장을 향해 몸을 돌렸다.

"10년을 날렸지만 저는 다른 것은 아무것도 바라지 않습니다. 저는 단지, 제가 살인자가 아니라는 위로가 필요할 뿐입니다. 그것을 모든 사람들 앞에서 밝혀주시기만을 바랍니다. 그뿐입니다."

주무학의 외침이 공판장을 울렸다. 10년 전 그날처럼 공허하지 않았다. 그날처럼 모든 사람들이 허투루 듣지도 않았다.

짝짝짝!

이번 박수는 창규가 선봉이었다. 일범이 가세했다. 검찰 측에서도 이의를 제기하지 않았다.

"변호사님!"

눈물범벅이 된 주무학이 창규 손을 잡았다.

"이제 마음이 좀 풀리나요?"

"예, 꿈만 같아요. 하고 싶은 말을 다 하고… 제게 10년을 때린 판사의 사과까지 받다니……."

"그래요."

창규가 주무학의 등을 두드렸다. 공판은 끝났다. 이제 남은 건 선고였다. 분위기로 보아 선고의 결과는 이미 정해진 것과 같았다.

"강 변호사님."

이백승이 다가왔다. 언제 왔는지 민권변 주요 멤버들도 창규의 쾌거를 축하해 주었다.

평평!

복도로 나오자 기자들이 몰려들었다. 창규를 찍고 주무학을 찍었다. 주무학에 대한 인터뷰도 길었다. 마지막에는 창규와 일범을 양편에 거느리고 맞잡은 손을 뻗어 예고된 무죄의 기쁨을 누렸다. 창규는 거기에 이백승을 끼워 넣었다. 이 일의 시작은 이백승. 비록 항암 치료 때문에 중도 하차를 했지만 그는 '엄지 척'을 받을 자격이 충분했다.

"변호사님."

주차장으로 오자 상길이 다가왔다.

"가자고. 주무학 씨 모셔다드려야지."

"그렇긴 한데 손님이……."

"손님?"

고개 돌린 그곳에 이대경이 보였다.

"판사님."

"강 변호사."

"고맙습니다. 이런 말씀 뭐하지만 무죄 선고만큼이나 짠한 순간이었습니다."

"아닙니다. 비겁하게도 아직 공직 신분이라 전체적인 사법부 분위기를 고려해 의례적인 유감밖에 표하지 못했습니다."

"그것만 해도 어딘데요?"

"나머지 사과는 여기서 하려고요."

"정말입니까?"

"주무학 씨."

이대경이 주무학에게 다가섰다.

"내가 부주의했습니다. 핑계는 강 변호사님께서 다 알고 있으니 따로 대지 않겠습니다."

"판사님……."

"미안합니다. 선고 판사로서……."

"판사님……."

주무학의 눈에서 다시 눈물이 쏟아졌다. 그에게 판사는 지체 높은 직함. 그런 그가 면전에서 사과와 함께 손을 잡으니 감정이 북받친 것이다.

"그런데 염치없는 부탁이 하나 있는데……."

"저 같은 놈한테요?"

"아직 타투 가능한가요?"

"예… 교도소에서도 밑그림과 문양 연습을 많이 한 까닭에……."

"혹시 이나미라고 기억하나요? 주무학 씨보다 한 살 어린 여자애인데… 알고 보니 주무학 씨가 엉덩이에 검은 고양이를 그려줬다고……."

"아!"

주무학이 고개를 들었다.

"유란이 친구요? 고양이는 난생처음 새겼거든요."

"그 애가 내 딸이라오."

"……!"

주무학이 소스라쳤다. 사실은 창규도 그랬다. 그 말을 여기서 할 줄은 몰랐던 것이다.

"그때 그것 때문에 당신에게 선입견이 있었던 것도 사실이라오. 그 1년 전에 나미 엄마가 죽고, 기르던 흑묘도 죽었었는데… 그 후로 그 일에 대해 이야기하지 않다가 이번에 영국으로 이민 간 딸과 통화를 했는데……."

이대경은 손수건으로 눈물을 훔친 후에야 말을 이어나갔다.

"내가 그거 지우라고 했는데 나미가 죽어도 싫다고 반대를 했었거든요. 그런데 이번에 그래요, 엄마하고 고양이가 죽은 후로 불안하고 허전했는데 고양이를 새긴 후로 함께하는 무엇이 있는 것 같아 마음이 편안해졌다고… 그래서 엉망이 된 성적도 다시 좋아졌고 영국 유학도 무난히… 그게 다 그 애가 어려울 때마다 엉덩이를 지켜준 고양이 타투 때문이라고……."

"……"

"그래서 나도 그 고양이 타투 좀 부탁하려고요. 딸과 똑같은 모양으로 똑같은 부위에 말입니다. 그렇게 하면 딸을 좀 더 이해하고 친해질 수 있을까 싶어서요."

"판사님……."

"죄 없는 사람을 감옥에 가게 했으니 안 될까요?"

"웬걸요. 언제든 오십시오. 열 개라도 백 개라도 해드리겠습니다."

"아니, 나는 하나… 우리 딸과 같은 걸로 하나면 충분합니다. 그리고… 타투 좋아하면 그쪽으로 꼭 성공하기를 바랍니다."

이대경이 웃었다. 주무학도 웃었다.

10년.

어쩌면 원한이 켜켜이 쌓였을 수도 있는 주무학. 하지만 모든 걸 털고, 10년 형을 선고한 판사를 받아들였다. 창규 눈에는 주무학이야말로 가장 위대한 판사처럼 보였다.

―진심으로 뉘우친다면, 당신을 용서합니다.

땅땅땅!

세 번의 법봉 소리는 창규의 귓속에서 오래오래 메아리쳤다.

하루는 쉬기로 했다. 순비에게 신장을 준 고순희가 퇴원을 하는 날이었다. 창규는 순비와 함께 가 신장 공여자 고순희의

퇴원을 도왔다. 다행히 그녀도 회복이 잘되었다. 함께 식사를 했다. 명화와 승하도 한 자리를 차지했다.

"많이 드세요."

고순희에게 한우 살치살을 푸짐하게 밀어주었다.

"아유, 변호사님이 드셔야지."

그녀는 극구 사양하며 고기를 밀어냈다.

"아닙니다. 오늘 주인공은 고 여사님이십니다. 이 식당에 있는 고기 다 드셔도 되니 많이 드십시오. 저하고 제 집사람이 마음으로 드리는 겁니다."

"안 돼요. 그리고 그 집게도 이리 주세요. 하늘 같은 변호사님이 고기를 굽다니……."

고순희는 팔을 걷어붙이고 집게를 뺏어갔다. 여종업원들이 와서 구우려 해도 막무가내였다.

"고 여사님……."

"아까 원장님 하시는 말씀 다 들었어요. 이번에도 재판에 가서 젊은이 한 사람 억울한 거 풀어주고 왔다면서요?"

"웬걸요. 그건 누가 해도 다 될 일이었습니다."

"아이고, 그런 말씀 마세요. 우리 복지사님하고 이웃 대학생이 그러는데 우리 명화 합의금도 변호사님이 아니었으면 어림 반 푼도 없었다고 하더라고요. 그렇지 명화야?"

"응."

고기를 우물거리던 명화가 고개를 끄덕거렸다.

"보세요. 나만 들은 게 아니거든요. 사모님도 이 고기 좀 드세요. 변호사님도……"

고순희는 바지런히 고기를 뒤집어냈다.

"승하야, 아!"

명화도 놀지 않았다. 대접하려고 모셔왔다가 대접받는 꼴이었다. 그래도 기분 나쁘지 않았다. 고순희와 명화의 진솔함이 느껴지는 까닭이었다.

"사모님, 신장 나빠지면 말씀하세요. 제가 남은 걸로 바꿔 드릴게요. 원장님에게 둘 중 좋은 걸로 골라주라고 했는데 잘하셨는지 모르겠어요."

"고 여사님, 지금도 충분해요. 다시는 그런 말씀 마세요."

순비가 웃었다. 늘 회색 그림자가 엿보이던 순비의 미소. 이제는 가을 하늘처럼 청명하기만 했다.

"여보, 당신 저녁에 지인들과 약속 있다고 했죠?"

순비가 물었다.

"응… 오홍회 멤버들께서 부득 식사 대접을 하시겠다고……"

"그럼 다시 병원으로 가시나요?"

"응. 원장님이 같이 가자고 하시네."

"그럼 당신은 그쪽으로 가세요."

"당신은?"

"저는 고 여사님하고 명화 데리고 가서 쇼핑 좀 하게요. 제가 옷 한 벌씩 사드릴 건데 불만 없죠?"

"절대 없지. 좋은 걸로 사드려."

창규가 장단을 맞춰주었다. 한 벌이 아니고 열 벌이면 어떠랴? 마음 같아서는 백화점을 통째로 들어다 줘도 아깝지 않을 일이었다.

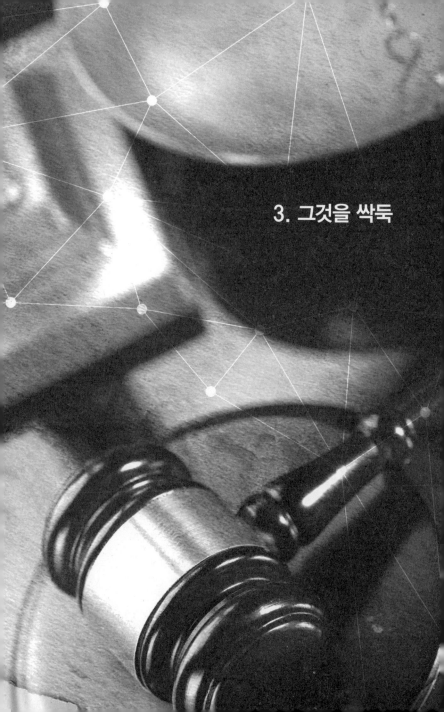

3. 그것을 싹둑

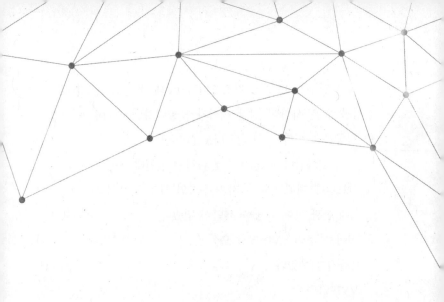

"어서 오세요."

병원에 도착하자 한윤기가 창규를 반겼다.

"오늘은 좀 한가하신가요? 이렇게 나와 계시다니……."

"좀 널널하게 스케줄을 끝낼까 했는데 중요한 고객이 오신다지 뭡니까?"

"하핫, 그럼 얼른 들어가세요."

"사모님은요?"

"고순희 여사님이랑 쇼핑 갔습니다. 두 사람이 아주 자매처럼 보이네요."

"신체 일부를 나누어 가졌으니까요. 왜 소설 같은 거 보면 심장을 받은 사람이 심장 이식자가 좋아하던 사람을 만난다면 심쿵을 느낀다는 설정도 나오잖아요?"

"그거 실화입니까? 전부터 궁금하던 일인데……."

"사모님께 여쭤보시죠. 저는 수술만 하는 입장이라……."

그때 현관 앞에 육중한 세단이 멈췄다.

"어이쿠, 우리 VVIP께서 오셨군."

한윤기가 웃었다.

"VVIP라면?"

"일본에서 사업을 크게 하는 재일 교포 채병승 회장이십니다. 한국 사업을 하게 되면 이따금 들렀는데 이번에 한국 카지노를 인수하고 제대로 한판 벌일 모양이더군요."

"예……."

"한국에서 상당 기간 머물 모양인데 겉보기와 달리 심장 동맥판이 약간 문제가 있어요. 당장 수술할 정도는 아니지만 관리가 필요해 종종 들르곤 하시죠."

대화를 나누는 중에 두 사람이 내렸다. 거구의 채병승과 모델급 몸매의 젊은 여자였다.

"채 회장님 사모님입니다."

한윤기가 새끼손가락을 들어 보였다.

60줄의 재벌과 20대 중반의 젊은 여자. 여자는 자신이 채병승의 아내라는 걸 광고라도 하려는 듯 밀착되어 있었다.

그제야 창규 머리에 스쳐 가는 정보가 있었다. 연하의 일반인과 결혼해 화제를 뿌렸던 재일 교포 거물 사업가. 그가 채병승이었다.

"그 커플이군요? 35년 연하 일반인과 재혼해서 화제가 된?"

"맞아요. 정확하게 35살 차이더군요."

"우아, 서른다섯 살……."

"나이 차이는 나지만 서로 잘 맞는 커플입니다. 채 회장님도 20대 감각이고 사모님 역시 화통한 마인드……."

"하긴 그러니까 서로 눈이 맞았겠지요."

"몇 번 보았는데 금슬이 죽입니다. 민경서 씨도 잘하고 채회장님도 껌뻑 죽더군요."

"예……."

"처음에 민경서 씨가 람보르기니 타고 왔었는데 정말 환상이었습니다. 저는 비너스가 온 줄 알았어요."

"그런 거 부러우면 원장님도 이제 슬슬 재혼을?"

"뭐 강 변호사님이 하자 없는 짝을 소개시켜 주신다면야……."

창규의 말에 한윤기가 바로 응수했다.

"에이, 제가 무슨 능력이 있다고……."

"조 회장님과 민 박사님이 음식점에 도착하신 거 같던데 강 변호사님도 가 있으세요. 저는 면담 끝나는 대로 가겠습니다."

"알겠습니다."

말하는 사이에 채병승 부부가 가까워졌다. 여자의 몸매는 정말 환상이었다. 발레리나 채나영의 키에 인기 연예인 뺨치는 마스크, 그리고 볼륨이 알맞은 몸매까지. 세련되지는 않지만 자연미가 흐르는 이미지. 한윤기가 비너스의 현신이라고 하는 것도 무리가 아니었다.

"원장님."

채병승이 손을 들어 보였다.

창규는 목례를 하고 돌아섰다. 하지만 다 돌아서지 못하고 걸음을 멈췄다.

"……?"

천천히 고개를 돌렸다. 눈에 스쳐 간 흔적 때문이었다. 조각 미녀의 볼에서 피어나는 꽃무늬 글자…….

"……!"

각도를 맞춰 돌아선 창규의 호흡이 멈췄다.

破!

혼귀국의 사인이 거기 있었다. 마지막 하나 남은 44번째 수임. 한동안 몰아치더니 잠깐 잠잠했던 혼귀왕들. 마지막이라 시간 간격을 좀 주나 싶었더니 그것도 아닌 모양이었다.

확인에 들어갔다.

破, 破.

두 볼에 새겨진 글자가 다르지 않았다. 마지막 수임이라서 그런 걸까? 막막한 부담 같은 게 느껴졌다. 어쩌면 채병승의 인상이 더러운 까닭인지도 몰랐다.

그러나 마지막 의무 수임. 이 건이 끝나면 쌍식귀의 능력을 제한 없이 사용할 수 있었다. 그렇게 되면 더 많은 수임이 가능하고 더 많은 보람을 느낄 수도…….

부부와 한윤기는 저만치 멀어졌다. 마음 같아서는 쫓아가서 마무리를 하고 싶은 창규. 하지만 한윤기의 환자라니 잠시 미뤄두기로 했다. 음식점에서 어려운 분들이 기다리는 까닭이었다.

'몽달천황님, 왕신여제님.'

창규가 고개를 들었다. 그런 다음 허공을 향해 중얼거렸다.

'접수하죠.'

채병승과 민경서는 시야에서 사라진 후였다.

오랜만에 오홍회 멤버들이 술자리에 모였다.

강창규, 한윤기, 이재명, 민선욱.

네 멤버들의 만남은 더할 것 없이 반가웠다. 아쉬운 건 조일산 회장이 빠진 것. 긴급한 용무가 있다며 아쉬움을 전해온 그였다.

"이 시대의 진정한 변호인, 강창규 변호사를 위하여!"

민선욱이 과분한 건배사를 제창했다.

"위하여!"

다른 멤버들도 기꺼이 샤우팅을 내질렀다.

"아, 강 변호사 부인도 안정이 되었다고"

술잔을 비운 민선욱이 한윤기를 바라보았다.

"우리 강 변호사가 잘나가니까 하늘이 도운 거지요."

대답은 이재명이 맡았다.

"맞아. 바른 선행에는 하늘도 감동하는 법이지. 이거 오늘도 술맛 좀 나겠는걸? 건배 한 번 더 합시다."

"당연히 그래야죠."

이재명은 쉴 새 없이 장단을 맞췄다. 오홍회 자리에만 오면 말수가 많아지는 이재명이었다.

"우리 이 판사는 좋은 일 없으신가?"

민선욱이 이재명에게 물었다.

"좋은 일은커녕 깡치사건만 떠안았습니다."

"깡치사건?"

"그게 힘은 힘대로 들고 모양도 안 나는 사건을 말하는 법원 은어인데 혹시 재일 교포 글로벌 사업가 채병승이라고 아십니까?"

"채병승요?"

한윤기가 먼저 반응을 했다.

"한 원장도 그 사람 아세요?"

"제 환자 중의 한 분입니다."

"어이쿠, 세상 좁네."

이재명이 한숨을 터뜨렸다. 창규 역시 시선을 집중하고 있었다.

채병승.

어째서 아니겠는가? 그는 혼귀왕들이 내정한 의무 수임의 마지막 인물이었다.

"그게 왜?"

민선욱이 물었다.

"그 사람이 한국 공략 전위대로 내세운 자본이 서울의 관광 호텔 카지노를 인수했는데 그걸 자기들이 투자 예정인 면세점 건물로 옮기겠다는 속셈이더군요. 관광호텔 측은 카지노가 빠지면 호텔 경영이 어려워진다며 카지노의 허가권 처분 금지 가처분 신청을 내면서 감정싸움에 돌입했습니다. 그러자 채병 승 쪽에서 선제공격으로 보안과 기계 점검을 이유로 카지노 영업 시간을 줄이자 호텔 측은 그에 맞서 카지노로 통하는 통로 하나를 막아버렸습니다. 카지노는 카지노대로, 호텔은 호텔대로 피해가 눈덩이이고 그 책임은 상대방에게 있다고 주장하는데 그 서류만 해도 트럭 한 대 분량입니다."

"허어, 사생결단이군."

"맞습니다. 양쪽 신경전이 대단합니다. 전관예우 이름에 전직 대법관 이름까지 나오더군요. 그러다 보니 법원장님이 만만한 저에게 배당을 했지 뭡니까?"

"하핫, 법원장님이 생각 잘했군."

"민 박사님은 지금 누구 편이십니까?"

"미안, 그런데 어느 호텔인가?"

"헤븐 사우전드라고……."

"헤븐 사우전드라면 조일산 회장의 처삼촌이 소유자인데?"

"예? 그럼 오늘 조 회장님이 결석하신 게?"

한윤기가 고개를 들었다.

"그럴 수도 있지. 조 회장도 구사일생으로 살아났으니 위로도 할 겸……."

민선욱이 동의했다.

"아무튼 호텔 측도 침체된 분위기를 살리기 위해 카지노를 매물로 실탄을 마련하려던 모양인데 무리수가 된 것 같습니다. 그러니 죽기 살기로 나오는 거죠."

다시 이재명이 설명을 이어놓았다.

"소송액으로 보아 굉장한 로펌을 내세웠겠군?"

"채병승 쪽에서는 난다 긴다 하는 변호사에 더해 거물인 문재엽 전 장관까지 고문으로 영입한 모양이더군요. 문화부 장관 출신이니 막후에 박아놓고 끝장을 내겠다는 거죠."

"문재엽 쪽에서 청탁 전화가 왔나?"

"저희 배석판사들에게 선을 대는 모양이더군요. 누구도 만나지 말라고 엄명을 내렸습니다."

"그 양반 장관 때도 이런저런 말이 많더니 행실하곤… 야쿠자와 연관 있는 일본 기업 편에 서다니……."

"돈 앞에 장사 있습니까? 본인은 한국 카지노의 명실상부한 국제화를 위한 판단이라고 항변한다고 들었습니다만."

"호텔 측은?"

"그쪽도 변호인단이 상당하죠. 이건 마치 별들의 전쟁 같습니다."

"강 변호사, 조 회장이 아무 말도 않던가?"

민선욱이 창규를 바라보았다.

"무슨 말 말입니까?"

"내 생각에는 강 변호사도 의중에 두었을 법한데… 아무래도 변호인단을 꾸리다 보니 외따로이 한 명 넣기가 뭣해서 그랬을까?"

"아마 그랬을 겁니다. 일대일 소송이면 조 회장님이 강 변호사를 추천했을 가능성이 높지요."

이재명이 웃었다.

문재엽?

그 이름이 창규 뇌리를 관통하고 지나갔다. 어디서 들었더라? 분명 기억에 있었다. 조금 더 골똘하니 출처가 나왔다. 윤여도 회장이었다. 그가 뇌물을 전달해 준 장관. 좋은 사람은 아닐 거라 생각했지만 틀리지 않은 것 같았다. 뻔한 흙탕물 싸움에 고문으로 들어서다니.

"이 판사가 머리 아플 만하군."

"사건도 사건이지만 고소장에 첨부된 내용을 봤더니 시루 떡도 그런 시루떡이 없는 지라……."

시루떡은 너무 어려운 문장이 담긴 판결문이나 소장을 말한다. 말인즉 어려운 용어로 고소장을 납품했다는 뜻이었다.

"설마 내일이 공판은 아니겠지?"

"모레가 1차 공판입니다. 피고 쪽에서 1주일만 미뤄달라는 걸 거절했습니다."

"혹시 채병승 씨도 나오나요?"

창규가 대화에 끼어들었다.

"방청석에라도 나오지 않겠나?"

이재명이 대답했다.

'채병승…….'

술잔을 비우며 창규는 그 이름을 곱씹었다. 덩치처럼 소송도 어마무시하게 시작하는 사람. 하지만 개의치 않았다. 창규 역시 그에게 파혼의 법봉을 두드려 줘야 하는 사람. 이재명에게는 깡치사건이라지만 창규에게는 나쁘지 않았다. 원래는 한 윤기에게 다음 진료 스케줄을 물어 접근하려던 창규. 이렇게 되면 법정에서의 리딩도 나쁘지 않을 것 같았다.

"어이쿠, 강 변호사 변론이 끝나서 좀 쉴까 했더니 이제 우리 이 판사를 위해 기도해야겠구만."

민선욱이 너스레를 떨었다.

다음 날부터 스타노모에 비상이 걸렸다.

총력전!

채병승과 민경서 이혼 건에 전력투구를 선언한 창규였다. 이 건이 중요했다. 혼귀국의 마지막 의무 수임. 이걸 마치면 마음껏 다른 소송에 임할 수 있기 때문이었다.

전 직원이 매달려 재벌급 명사들의 이혼 사례를 뒤졌다. 채병승은 어마무시한 재력가. 신보라 때도 그랬지만 재벌들의 이혼은 복잡하다. 채병승의 경우에 재산 분할이 잘못되면 자칫 경영권을 내놓는 경우도 생기기 까닭이었다.

눈에 띄는 이혼 사례는 인도네시아에 있었다. 그 나라의 재벌로 꼽히는 남자가 파경을 맞이한 것. 스튜어디스 출신인 아내는 이혼소송에서 굉장한 개가를 올렸다. 그녀가 획득한 위자료는 약 3억 6,000만 원. 3억 6,000만 원이 뭐 그리 큰돈이냐고? 이 위자료가 매달 받는 금액이기에 그렇다. 그의 아내는 몸매와 피부 관리에만 매월 1,700여만 원이 필요한 것으로 알려지고 있었다.

재미난 사실은 그녀 역시 민경서처럼 람보르기니나 벤틀리 등을 애마로 삼고 있다는 것.

다음으로 짚어나간 건 채병승의 사업 히스토리였다. 야쿠자 들과도 투자 사업을 같이하고 있다니 꼼꼼하게 짚어보는 수밖에 없었다. 그 말은 헛소문이 아니었다. 채병승은 여러 사업에 서 야쿠자 사업가들과 손을 잡았던 경력이 있었다.

"변호사님."

자료 삼매경에 빠져 있을 사무장이 다가왔다.

"재산목록 나왔어요?"

"네, 가능한 건 다 뽑았습니다."

그 방면의 달인인 사무장이 서류를 내밀었다.

"오, 굉장하네요?"

목록을 본 창규 입에서 감탄이 밀려 나왔다. 부동산과 주 식을 주로 하는 그의 재산은 대략 알려진 것만으로도 2조를 넘고 있었다.

"큰 덩어리만 추린 거고요, 다 뒤지면 이 정도는 더 되지 않 을까 합니다."

"그럼 4조?"

"아마도요."

"푸헐, 상상불허의 재력이군요."

"돈만 많은 게 아니에요."

사무장이 또 다른 자료를 내밀었다. 여자 자료였다.

"다섯 번 결혼하고 여섯 번째 여자?"

"그렇네요. 밤일 능력도 재산만큼 빵빵한가 봐요."

사무장은 피식 미소를 남기고 자리로 돌아갔다.

채병승…….

돈 많은 재벌이지만 양지의 경영자로 성공한 사람은 아니었다. 그는 주로 유흥과 카지노, 인력 파견업 등으로 성공 신화를 이루었다. 한때는 문어발처럼 호텔을 인수한 적도 있었다. 그의 에너지는 여자에게서 나오는 걸까? 조강지처로 불리는 첫 여자는 된장국처럼 담담하지만, 나머지 여자들은 섹시의 극치를 달리고 있었다.

'그렇다면 민경서…….'

자료를 내려놓고 여자를 떠올렸다.

그녀의 입지는 뭘까? 채병승을 스쳐 간 다섯 여자. 그 뒤를 이어 법률적 아내 위치에 올랐다. 최후의 승자가 된 걸까?

그런데…….

재미난 기록이 붙어 있었다. 다섯 여자와의 이혼 기록이었다. 신기하게도 위자료 잡음이 별로 없었다.

'진짜 능력 좋군.'

창규의 어깨가 으쓱 올라갔다. 어마무시한 재벌급이 이혼하면서, 그것도 다섯 번이나 하면서 한 번도 위자료 잡음을 내지 않은 건 무척 고무적인 일이었다.

혹시… 여자들과 결혼할 때마다 'No 위자료' 각서라도 쓰는 걸까? 자료를 세분해 들어갔다.

'허얼!'

감탄사가 이어졌다. 채병승은 진정 욕망의 화신이자 정력의 화신이었다.

첨부된 다채로운 스캔들 기사들이 그걸 증명하고 있었다. 결혼 중에 문제가 된 것도 있고, 이혼 후의 공백기에 일어난 일도 있었다.

워낙 많은 여자를 섭렵한 채병승. 그래서 여자들에게 일찍 질리는 모양이었다. 그래서 아내들도 이혼을 쉽게 받아들인 모양이었다.

'역대급 물개띠인가?'

혀를 내두르며 자료를 덮었다. 참고는 끝났다. 이유가 어쨌든 채병승의 여섯 번째 이혼은 창규에게 있어 당면과제일 뿐이었다.

'물개띠라면 아킬레스건은 거시기인데……'

창규는 농담을 중얼거리며 잠시 여유를 즐겼다. 긴장이 다소 풀리는 것 같았다.

"강 변호사?"

법원 복도에서 이재명이 창규를 불렀다.

"안녕하세요?"

"웬일이신가? 연락도 없이?"

"엊그제 말씀하시길 오늘 재미난 공판이 열린다고 해서요."

"헤븐 사우전드 호텔 카지노 투자 건 말이신가?"

"예."

"왜? 강 변호사도 참가하게 되는 건가?"

"아닙니다. 나중에라도 유사사건에 참고가 될까 해서요."

"흐음… 그렇다면 긴장해야겠군. 혹시라도 강 변호사에게 헐렁한 모습 보이면 곤란하니까."

"아닙니다. 저는 그냥 분위기만 보다가 돌아갈 겁니다. 그러니 혹여라도 신경 쓰지 마십시오."

"그러시게나. 필요한 거 있으면 말하고."

이재명은 후배 판사들을 거느리고 안으로 멀어졌다.

"……!"

창규의 시선이 창밖으로 향했다. 몰려가는 기자들 때문이었다. 주차장 쪽으로 굉장한 세단이 들어서고 있었다. 그리고… 그 차에서 거구 한 사람이 내렸다. 채병승이었다. 기자들이 다가서지만 어림도 없다. 그를 둘러싼 네 명의 경호원들은 접근을 허용하지 않았다. 재미난 것은 절반은 여자요 또 절반은 남자 경호원이라는 것.

"채 회장님, 이번 소송의 실질적 당사자라던데 맞습니까?"

"천문학적인 금액의 소송인데 결과를 낙관하십니까?"

기자들은 발버둥을 치지만 채병승은 여유롭다. 그는 세단 앞에서 시가를 꺼내 물었다. 여자 비서가 다가가 불을 붙여주었다.

후우!

푸짐한 연기를 따라 창규의 리딩이 출발했다. 열린 창틈을 통한 거리는 불과 10여 미터. 방청석의 상황을 모르니 가능할 때 작업하는 게 좋았다.

재일 교포……

그러니까 가슴은 한국인이지만 머리는 일본 사람……

이 사람은 무슨 먹거리로 저 거구를 이루었을까?

참치나 덴뿌라, 스시 같은 걸 주로 먹었을까?

아니면…….

피…….

사업 파트너들 중에 야쿠자들이 있었다. 그러니 피 튀기는 유혈 비즈니스로 경쟁자들을 밟았을 가능성도…….

"……!"

몇 가지 기본을 지나 특용에 이르자 창규가 움찔 흔들렸다. 피는 없었다. 단 한 방울도. 대신 다른 게 있었다.

[향수]

언젠가부터 향수를 쓰고 있었다. 향수는 두 가지였는데 하나는 남자용, 또 하나는 여자용이었다. 여자용은 민경서와 결혼 이후에 사용하기 시작했다. 민경서를 위한 걸까? 아니면 취향의 변화일까?

'이제 본론으로.'

창규가 눈동자에 힘을 주었다. 창규에게 필요한 건 이혼의 자료였다. 민경서의 핏대를 올릴 수 있는 한 방. 그녀가 알면 당장 멱살이라도 잡고 흔들 치명적인…….

이성 카테고리가 열렸다. 디렉토리와 폴더를 지나 파일에 이르렀다. 여자는 많았다. 하지만 다 과거의 여자였다. 최근 들어서는 단 한 여자도 건드리지 않았다. 심지어는 민경서까지도.

"……?"

리딩을 멈췄다. 욕망의 화신 채병승이 180도 변했다. 그는 재산만큼이나 많은 여성 편력을 자랑하던 사람. 정력 하나는 타고 났으니 그 흔한 정력제도 밝히지 않았다. 그런 그가 최근 들어 여체 탐닉 활동을 멈춘 것이다.

다시 약용으로 돌아갔다.

성병이라도 걸리셨나? 아니면 문란의 끝판이라는 AIDS? 그
것도 아니면 전립선의 고장?

"......!"

답을 찾던 창규는 자신도 모르게 오바이트를 올리고 말았다.

"우억!"

한 번으로 끝나지 않았다.

"우어억!"

헤븐 사우전드 카지노 공판이 시작되었다. 창규는 들어가
지 않았다. 차 보닛을 짚고 서서 속을 달랬다. 겨우 달래진 줄
알았지만 오바이트가 또 쏠렸다.

"우어억!"

커피를 마셔도 메스꺼움은 가라앉지 않는다. 불결한 상상
이 머릿속에서 오토 동영상으로 돌아갔다.

싹뚝!

싹뚝!

싹싹뚝!

"우엑!"

창규는 한 번 더 쓰레기통에 코를 박고 말았다.

'휴우!'

애써 숨을 골랐다. 싹둑은 가위 소리였다. 다들 예상하는 그 소리가 맞았다. 다섯 번째 아내가 낸 소리였다. 그녀가 미용 가위의 기막힌 위력을 보인 것이다.

그녀의 폴더를 재확인하면서 엄청난 사건을 알았다. 다섯 번째 아내 이름은 치하루였다. 그녀는 일본에서도 꽤 유명한 헤어드레서였다. 그녀는 명문가에서 태어났다. 그 위로 오빠 둘이 쟁쟁한 검사였다.

네 번째 아내가 1년 만에 탈이 났다. 지나친 섹스로 질과 요도가 감염된 것. 물론 100% 채병승 때문이었다.

임시 휴업이 된 채병승. 땜빵용 애인을 구하러, 후원을 맡은 미인 대회에 나갔다가 눈이 돌아버렸다. 거기 진짜 미녀가 있었다. 미인 대회 참가자 28명이 아니라 그들 머리를 책임진 헤어드레서 치하루였다. 첫눈에 반해 작업에 들어갔다. 성공했다.

그 주에 네 번째 아내에게 이혼을 통보했다. 그렇잖아도 채병승의 색 밝힘증에 지친 네 번째 아내. 채병승이 내미는 위자료를 받아들고 이혼장에 사인을 했다.

채병승은 다음 날부터 치하루로 폭주를 했다. 둘은 환상적인 속궁합이었다. 채병승은 진심으로 만족했다.

그러다 알게 되었다. 뛰는 놈 위에 나는 놈 있다는 사실. 그짓 하나만은 세계 최고라고 자부하던 채병승. 완전히 임자를 만나고 말았다. 치하루는 명기였다. 단 한 번을 해도 남자의 정기를 쪽 빨아먹었다. 그럼에도 한 번으로 만족하지 않았다. 발동이 걸리면 더블 헤더, 트리플 헤더까지 밀어붙였다. 어떤 날은 다섯 번을 봉사한 적도 있었다. 남자의 수도꼭지에 혈흔이 섞여 나왔다. 여자라면 눈알을 뒤집고 달려들던 채병승이지만 이 여자만은 당해낼 수 없었다.

"GG."

하루 세 번씩 세 번 거푸 코피를 쏟고서야 두 손을 들었다. 그녀는 건드려서는 안 되는 꽃이었다. 하지만 치하루는 쉽사리 이혼에 응해주지 않았다.

채병승은 읍소로 나갔다. 자신은 이제 여자에 관심이 없다고. 늙어서 더는 섹스를 할 수 없는 몸이라고. 오죽하면 동업하던 야쿠자 사장에게 부탁해 페니스에 상처까지 냈다. 그는 그 방면의 기술자였다. 상처 때문인지 페니스는 고개를 들지 않았다. 결국 치하루가 속아 넘어갔다. 그녀 역시 남자 없이 살기는 힘든 몸. 몇 가지 약속을 하고 이혼 도장을 찍었다.

채병승은 자유를 얻었다. 당장 밀린 회포를 풀고 싶었지만 거시기는 아직 회복되지 않은 상태. 서른 이후에 난생처음 몇 달간 방출을 못한 채병승이었다.

그때 민경서를 만났다. 일본 여자에게 질린 채병승, 분위기가 다른 경서에게 푹 빠졌다. 경서는 채병승에게 딱이었다. 이제는 여자에게 관심이 없다는 핑계로 이혼한 그. 하지만 한국에 신방을 차리면 모든 게 해결될 것으로 믿었다.

민경서는 요물이었다. 그녀는 일본 말도 잘했고, 채병승을 녹일 줄도 알았다. 늘 향수부터 뿌리고 시작하는 게 귀찮기도 했지만 조이고 푸는 테크닉은 나무랄 데가 없었다. 신방 2년차. 슬슬 민경서의 몸에 소홀해질 때쯤 경천동지의 사건이 생겼다. 오사카였다. 도톤보리 강과 구로몬 시장이 가까운 곳이었다. 강을 바라보는 음식점에서 만난 여자. 다섯 번째 부인 치하루였다. 치하루의 기억은 몇 가지 음식물에서 확인되었다.

[도미]

[참치 스시]

[최고급 사케]

[성게알]

[마 튀김]

그날, 채병승은 그녀를 만나지 말았어야 했다. 아니, 만나더라도 술은 마시지 말았어야 했다. 아니, 아니, 술을 마시더라도 욕심은 접었어야 했다.

헤어진 지 2년 반. 치하루는 여전히 환상이었다. 그날따라 의상도 기가 막혔다. 부드러운 라인을 따라 선명하게 드러난 곡선. 안기만 하면 미친 듯이 태워 버리는 그녀의 육체. 그 황홀경을 기억하는 채병승의 성(性) DNA. 최근 다소 밋밋해진 민경서와의 관계를 생각하니 한번 빠져보고 싶은 욕심이 생겼다.

게다가!

유혹의 손길은 치하루가 먼저 내밀었다.

"기왕 만났는데 하룻밤?"

그녀가 귓전에 속삭였다. 채병승은 그 유혹에 풍덩 몸을 날렸다.

그날 밤, 채병승은 이상한 느낌에 눈을 떴다. 몸이 몽롱하고 나른했다. 그 눈앞에서 뭔가 흔들렸다. 가위였다. 언젠가 채병승이 선물한 120만 엔짜리 미용가위. 일본 혼을 담아 만든다는 가위 명인이 만든 명품. 강철도 사뿐히 잘라낸다는 그 가위가 사타구니 쪽에서 날렵한 소리를 냈다.

싹뚝!

딱 한 번이었다. 가위의 성능은 기가 막혔다. 그래서 채병승은 몰랐다. 작은 덩어리가 눈앞으로 왔을 때, 그게 자기의 일부분인지.

"채!"

치하루가 방긋 웃었다.

"나하고 한 약속 기억하지?"

약속?

"너무 억울해하지 마."

치하루는 덩어리를 손에 쥐어주고 사뿐 걸어나갔다. 그래도 채병승은 별 반응을 보이지 못했다. 그는 약에 취해 있었다. 치하루가 사케에 듬뿍 섞은 마취제의 효과였다. 하지만 그는 마침내 알 수 있었다. 손에 쥐어진 물건이 무엇인지. 그 출처가 어디인지.

"우우우!"

채병승은 야수의 신음을 내며 상체를 세웠다. 사타구니에 흰 붕대가 보였다. 친절한 치하루가 응급처치까지 마치고 간 것이다.

"우어억!"

눈알이 뒤집힌 채병승은 닥치는 대로 기물을 부셨다. 물건이 손에 있지만 병원으로 뛸 수 없었다. 그 또한 치하루가 가위질을 몇 번 더 먹여놓은 까닭이었다.

다닥다다닥!

턱이 미친 듯이 떨렸다. 치하루의 성질머리를 잊었던 것이다. 한다면 하는 여자. 그런 여자에게 했던 약속.

난 여자가 싫어.

섹스 따위에는 이제 관심 없어.

당신이 내겐 마지막 여자라고.

이혼하기 위해 아무렇게나 지어낸 핑계들. 그때 들었던 치하루의 말.

"쿨하게 이혼해 줄게. 대신 다른 여자랑 결혼하면 그
땐……."

철컹!

치하루가 허공에 울려대던 빈 가위질.

"약속할 수 있어?"

"약속하지."

철컹!

그 가위질을 안겨준 치하루였다. 그렇다고 그녀를 잡아다
모가지를 후려 도톤보리 강에 처박을 수도 없었다. 그녀의 오
빠 두 놈이 도쿄지검의 검사가 아닌가? 게다가 그녀는 미용
사업을 하는 사업가의 촉으로 채병승의 사업 비리와 기밀도
많이 알고 있었다. 채병승의 심장병은 이때부터 도졌다. 원래
위험을 내포하던 혈관이 불뚝불뚝 말썽을 부리는 것이다.

협박.

강탈.

폭행.

세금 포탈.

그건 약과였다. 그녀가 모르는 살인 교사까지 있었던 채병
승이었다. 수사가 진행돼 그런 것까지 밝혀진다면 순항하는
인생에 치명상을 입을 채병승이었다.

채병승 삶의 한 기쁨이던 물건은 그렇게 사라졌다. 밤의 쾌락과 열락도 그렇게 사라졌다.

가위질 덕분에 창규는 덤을 얻었다. 채병승의 사업상 치부였다. 잘 사용하면 굉장한 카드가 될 수 있는…….

아무튼 그때, 채병승은 오사카에서 두 달을 머물렀다. 거시기의 상처 회복을 위해서였다. 그런 다음 한국에 돌아왔을 때 공교롭게도 민경서는 절정의 섹시함으로 그를 맞이했다.

"나 피곤해."

첫날은 그렇게 넘어갔다.

"요즘 몸이 전 같지 않네."

두 번째도 그렇게…….

"사업 때문에 골치가 아파서."

세 번째 역시 컨디션을 핑계.

그렇게 한 달이 지나고 두 달이 지났다. 대신 다른 인심은 후하게 썼다. 민경서의 생활비를 듬뿍 올려주고 선물과 쇼핑을 자주 시켜주었다. 관심을 돌리려는 전략이었다. 하지만 역효과를 낳았다. 그 고마움 때문에라도 민경서는 합체 봉사를 하고 싶었던 것이다.

결국 사단이 나고 말았다. 민경서의 생일날이었다. 외식을 마치고 돌아오기 무섭게 민경서는 샤워실로 향했다. 콧노래를 부르며 샤워 소리를 냈다. 좋지 않았다. 샤워는 합체의 신호였던 것이다.

'안 되겠군.'

술을 준비했다. 술을 실컷 먹여 재울 생각이었다. 하지만 정작 먼저 맛이 간 건 채병승이었다. 젊은 아내의 손길을 거부하는 것도 보통 스트레스가 아니었다. 치명적인 비밀을 숨기는 것도 그랬다. 그 스트레스가 술기운을 제대로 받은 것이다.

채병승이 늘어지자 민경서가 침대로 끌었다. 겨우 침대에 누이고 겉옷을 벗겼다. 잠을 재우기 위해서였다. 그렇기에 불편한 바지도 벗겨 내렸다. 그때 속옷이 함께 딸려 내려왔다.

"……?"

남편의 중심을 바라본 경서가 눈을 꿈뻑거렸다. 볼륨이 있어야 할 자리가 영 허전했던 것이다.

'뭐야?'

얼굴을 디밀고 확인을 했다. 남편이었다. 얼굴은 분명 그이가 맞았다. 하지만 거기는 아니었다. 비록 나이를 먹었지만, 에너지가 모이면 젊은 남자 못지않게 탱탱하던 남편의 사타구니. 그곳이 핵실험이라도 한 듯 휑하니 비어버린 것이다.

다음 날 채병승이 눈을 떴다. 경서는 옆에서 자고 있었다.

"……!"

어젯밤 기억을 더듬다가 머리가 띵해졌다. 기억에 없는 잠옷을 입고 있는 까닭이었다. 그의 시선은 사타구니로 내려갔다.

'봤을까?'

민경서를 바라보는 채병승.

'알았을까?'

불안하지만 물어볼 수 없었다. 긁어 부스럼을 만들까 염려가 되었던 것이다.

"자기야……."

잠이 깬 경서가 채병승 품을 파고들었다. 찔리는 구석이 많은 채병승이 움찔 물러섰다.

"왜요?"

"아, 아니… 나 샤워 좀 해야겠어."

"같이할까요?"

"……?"

"왜 놀라요? 자기, 샤워 같이하는 거 좋아하잖아요?"

"아니야. 피곤할 텐데 더 자. 아유, 우리 이쁜이……."

쪽!

경서 볼에 키스가 들어갔다. 애정이라기보다 얼렁뚱땅 모면하려는 공세였다.

"자기 좀 이상해요."

경서가 돌아누우며 볼멘소리를 냈다.

"내가? 뭘?"

채병승의 목소리가 불안하게 올라갔다.

"나한테 숨기는 거 없어요?"

"전혀!"

"그럼 됐어요. 가서 씻어요."

질문 후에 다시 돌아눕는 민경서. 생수를 원샷한 채병승은 한숨까지 삼키고 샤워장으로 향했다.

탁!

샤워장 문이 닫히자 경서는 머리맡에 두었던 향수병을 찾았다. 그걸 허공에 뿌렸다.

치익, 치이익.

그러고 보니 그 향수였다. 채병승의 특용 카테고리에 들어 있는 두 개의 향수 중 하나.

'봤군.'

쏴아아!

샤워기 소리를 들으며 채병승이 중얼거렸다.

"젠장!"

애꿎은 비누를 패대기쳤다. 무심결에 사타구니에 비누칠을 했지만 걸리는 게 없었던 것이다.

바로 그 순간 샤워실 문이 활짝 열렸다.

"……!"

"……!"

마주 친 두 눈은 민경서와 채병승. 두 눈은 동시에 맥없이

스러져 버렸다.

"실은……."

테라스에서 채병승이 입을 열었다. 그 사연은 녹차 파일에 있었다.

"일본 사업에서 문제가 생겼어. 야쿠자가 진출한 사업인데 내 방계회사가 경쟁을 하다가 저들 오야붕이 발악을 하는 바람에……."

"……."

"이놈들이 무자비하게 나이프를 들고 설치는데 어쩌겠어? 목숨 건진 것도 다행으로 알자고."

"……."

"병원에 가서 접합하려고 했는데 꼬붕들이 물건을 도톤보리 강에 던져 버리는 바람에… 잠수부까지 동원했지만 찾지 못했어. 잉어 놈들이 꿀꺽한 건지……."

"……."

"절대 비밀로 하고… 섹스가 전부는 아니니까 표시 내지 말고 계속 좋은 관계로 살아보자고. 대신 다른 걸로 당신 기분 위로해 줄게."

채병승이 새 신용카드를 내놓았다. 지금까지 쓰던 카드보다 한도가 세 배나 높은 것이었다.

"차도 바꿔줄게. 이따가 람보르기니가 올 거야. 그거 타고 싶다고 했었지?"

"……."

"대신 이혼은 안 돼. 입도 벙긋하지 말라고."

이혼 불가.

함께 살 때라면 몰라도 이혼을 하게 되면… 싹뚝의 비밀이 지켜질 리 만무했다. 이게 알려지면 채병승은 끝장이었다. 적어도 그는 그렇게 생각하고 있었다.

채병승이 일어났다. 남은 녹차를 마신 경서가 허공에 향수를 뿌렸다. 채병승과 있으면 뿌려대는 그 향수였다.

그날부터 민경서는 외출이 잦았다. 쇼핑도 잦았다. 채병승은 참견하지 않았다. 특히 그가 외국으로 돌기라도 한다면 민경서는 완전한 자유였다.

쇼윈도 부부.

갈래가 다르긴 하지만 둘은 쇼윈도 부부의 전형이었다. 자신의 약점을 감추기 위한 부부생활 영위. 이건 채병승의 생각.

섹스리스지만 다른 모든 것을 누릴 수 있으니 OK. 이건 민경서의 생각이었다. 두 생각은 일단 그렇게 얇은 합의를 이루고 있었다.

'마지막으로……'

창규가 선택한 주제어는 문재엽이었다.

문재엽!

그 이름이 마음에 걸렸다. 윤여도 회장 때부터 아름답지 않게 출연한 사람이다. 야쿠자 친화 기업에서는 또 얼마나 말아 처먹었을까?

'으음……'

리딩과 동시에 신음부터 나왔다.

먹었다.

많이도 먹었다.

리딩의 음식은 최고급 일식이었다. 최상급 참치에 해삼 내장젓, 한 병에 천만 원을 호가하는 사케… 문재엽은 접시 채로 호로록호로록 잘도 넘겼다.

다음 코스는 물건이었다.

"고상한 성향을 고려해 골동품 몇 개 골랐습니다. 현금을 드리고 싶지만 고매한 인품이시라 마다하시니… 이게 구하기 어려운 진품이니 서재에 두시면 인품과 잘 어울릴 겁니다."

채병승 옆의 수행원이 정성을 다해 말했다.

허얼!

골동품은 돈 아닌가? 뇌물을 처먹다 보니 이제는 이골이 난 모양이었다. 그러니 받을 때 손부끄럽지 않은 고가 골동품으로 갈아탄 것이다.

개가 갓 낳은 강아지넘.

품위에 걸맞게 세 자로 말할 걸 아홉 자로 늘려주었다. 본 적도 없지만 욕을 부르는 인간이 아닐 수 없었다.

창규의 리딩은 거기서 끝났다. 채병승이 재판정으로 들어간 것이다. 창규는 따라 들어가지 않았다. 채병승의 경호원들이 하는 말 때문이었다.

"사모님?"

"응, 강남역 뒤의 북해도 일식당에 먼저 가서 기다리신다는데?"

"내가 회장님께 전할게."

이야기를 주고받던 경호원이 재판정으로 움직였다. 창규는 핸드폰에 검색어를 넣었다.

강남역 일식당 북해도.

채병승이 갈 정도면 구멍가게는 아닐 것.

예상대로 음식점이 나왔다. 굉장히 럭셔리한, 그것도 예약 손님만 받는 곳이었다.

전화를 걸었다. 만석이라는 이유로 거절을 당했다. 별수 없이 북해도 좌석 수배에 들어갔다. 해결책은 도병찬에게 있었다. 그의 부국장이 단골이었다. 염치 무릅쓰고 예약을 청탁했다.

"변호사님."

음식점 앞에 도착하자 사무장이 손을 흔들었다. 그녀는 창규의 부탁으로 나왔다. 고급 일식당에서 혼자 테이블을 차지하면 괜한 시선을 끌 것 같았다.

"안녕하세요?"

안으로 들어서 지배인과 인사를 나눴다. 부국장의 연락을 받은 그는 창규를 깍듯하게 했다.

"혹시 오늘 예약자 중에 채병승 씨라고 있습니까?"

창규가 물었다.

"채병승요?"

"아니면 민경서 씨……."

"잠깐만요."

지배인이 휴대용 PDA를 열었다.

"아, 있네요. 아는 분이세요?"

"뭐, 조금요. 오셨나요?"

"아직요. 예약 시간이 한 시간쯤 남았는데요."

"그럼 미안하지만 그분들 테이블과 가까운 자리를 부탁드려도 될까요?"

"그러시죠. 이쪽으로……."

지배인은 창가 자리를 내주었다. 민경서의 예약 특석과는 두 테이블 거리였다.

"제 역할은요? 애인? 여친? 아니면 누나?"

눈치 빠른 사무장이 물었다.

"그냥 편하게 드세요. 바쁘신 중에 나오셨을 텐데……."

"두 사람 이혼 건이죠?"

"네."

"으음… 괜히 쫄리는데요. 채병승, 그 사람 인상이 굉장히 더럽던데… 야쿠자하고도 관련이 있고……."

"겉 다르고 속 다른 게 인간이라잖아요? 속마음은 착할지도 모르죠."

"어머, 저기 민경서죠?"

사무장이 고개를 들었다. 창규에게 자료를 챙겨준 사무장이었다. 그렇기에 민경서 얼굴을 기억하고 있었다.

민경서의 등장은 화려했다. 람보르기니에서 내리는 그녀는 할리우드 인기 스타를 방불케 하고 있었다. 지배인은 정성껏 그녀를 안내했다. 그녀가 스쳐 가자 향수 냄새가 났다. 채병승에게 뿌려대던 그 향수였다.

"사무장님."

"예?"

"여자가 말이에요, 남자에게 향수를 마구 뿌리는 건 무슨 의미일까요?"

"향수를요?"

"네."

"뭐, 저라면… 남편에게 악취가 날 때 센스 있게?"

"악취요?"

"저희 남편이 그런 건 아니지만 남자들 구취 있는 사람 있잖아요? 그리고 구리구리한 홀아비 냄새 같은 거."

'구취와 홀아비 냄새라?'

"저희 아버지도 환갑 지나면서 노인네 냄새 같은 게 나더라고요. 그럴 때는 기분 상하시지 않게 살짝 뿌리곤 했어요."

"그렇군요."

민경서는 우아하게 커피부터 주문했다. 그런 다음 쉴 새 없이 통화를 했다. 하하하, 호호호, 그녀의 웃음소리는 창규네 테이블까지 넘어왔다. 통화 상대자는 남자도 있고 여자도 있었다. 대략 유럽 여행을 다녀온 눈치였다.

창규네 식사가 먼저 나왔다. 일식 스테이크를 시켰다. 데리야끼풍으로 구운 소고기는 풍미가 좋았다. 사무장이 먹는 동안 창규는 비즈니스에 착수했다. 기회란 있을 때 써먹어야 했다.

[채병승]

민경서의 육체에 깃든 채병승의 모든 카테고리를 열었다.

"……!"

카테고리가 나오자 창규가 고개를 갸웃거렸다. 채병승과 연관된 먹거리는 그리 많지 않았다. 아마도 채병승의 잦은 일본 출장 때문으로 보였다. 그때마다 경서는 가정부와 한국집에 살았다. 더러 동행한 적도 있지만 많지는 않았다.

이미 채병승에게서 수집해 두었던 리딩 정보들. 그것들을 점검해 나갔다. 대다수가 일치했다. 다만 일부는 달랐다. 특히 싹뚝 부분이 그랬다.

[와인]

싹뚝에 대한 다른 시각은 와인으로부터 읽어냈다. 강남의 와인바였다. 민경서는 절친 양은주와 함께 있었다. 와인을 마시다 고백을 했다.

"우리 괴물, 고자가 됐어."

"응?"

괴물은 채병승에 대한 경서의 호칭 중 하나. 처음에 양은주는 알아듣지 못했다.

"괴물이 고자가 됐다니까."

"지금 장난해? 정력왕이라더니 힘이 뚝 떨어진 거야?"

"그게 아니고……."

싹뚝!

민경서가 손가락으로 가위 흉내를 냈다.

"얘!"

"진짜라니까. 완전히 흔적만 남았어. 처음에는 성전환 수술 받은 줄 알았다니까."

"진짜?"

"그래, 진짜, 진짜다. 봐봐!"

민경서가 핸드폰을 내밀었다. 검은 터럭만 무성한 사진 한 장이 있었다. 민경서가 몰래 찍은 증거물이었다.

"어머머머머!"

사진을 본 양은주가 경기를 했다.

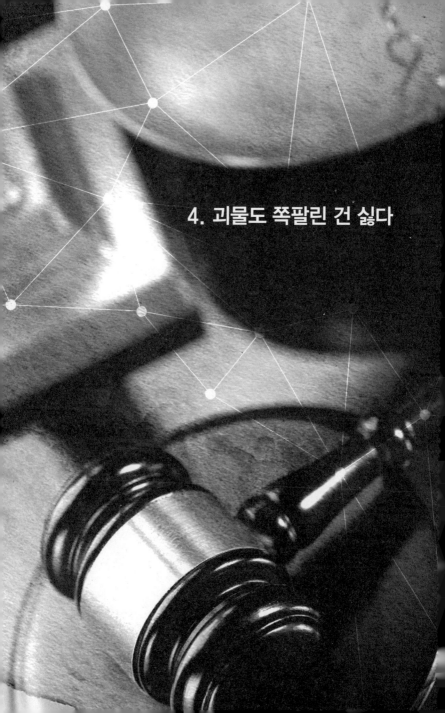

4. 괴물도 쪽팔린 건 싫다

"너만 알아라. 다른 사람에게 발설하면 괴물이 내 모가지 꺾어버릴 기세더라. 꼴에 존심은 있어가지고……."

민경서가 화면을 닫았다.

"그럼 너 어떡해?"

"뭘 어떡해? 잘된 거지."

"얘……."

"내가 말했잖아? 그 인간 구취가 개작살이라고. 병원에 가도 해결책 없다지, 자꾸 말하면 짜증만 내지… 별수 없이 니 말대로 향수로 방어하고 있지만 갈수록 정이 바닥이거든."

"그래서? 괴물은 뭐래? 어째서 짤렸대? 어디서? 누구한테?"

"나도 몰라. 말 안 하더라. 말로는 야쿠자가 어쩌고 하는데 야쿠자한테 짤렸는지 다른 년 건드리다 짤렸는지 내가 알 게 뭐야."

"그래서? 넌 어떻게 할 건데?"

"그 인간이 나름 체면파잖냐? 이혼은 안 된다면서 한도 빵빵하게 올린 카드하고 람보르기니 뽑아주더라."

"아까 그 차?"

"응."

"잘됐네."

거기서 양은주 태도가 돌변했다.

"너 구취 때문에 돌아버리겠다고 몇 년 살다가 한몫 챙겨서 나올 작정이었잖아? 이제 준호 씨도 막 만나. 거시기도 없는 주제에 괴물이 뭐라고 하지도 못할 거 아냐?"

"서두르면 발병 난다."

"어유, 기집애. 하여간 남자 복은 있다니까."

"이것도 복이니?"

"아니면? 늙은이 돈 하나 보고 꼬셨는데 밤일 면제받고 카드 한도까지 높아졌으면 대박이지. 왕 부럽다. 난 맨날 찌질한 인간들만 걸리고 있는데……."

"이번 건도 꽝이야?"

"그래. 그 인간 벤츠 끌고 다니길래 뭐 좀 있나 했더니 외국 출장간 지 삼촌 차였단다. 재수 뻥 뜯겼다니까."

두 여자… 대화가 불량하다. 여자 친구의 말을 흘려들으며 다음으로 건너뛰었다.

[이성]

있을까? 채병승을 생각하면 꿈도 꾸지 못할 일. 하지만 대화 속에 이미 남자 이름이 나왔다. 민경서는 창규 생각보다 당돌했다. 묵직한 남편에게 겁을 집어먹고 남자 멀리할 강단은 아니었다.

'오케이!'

남자 파일 두 개가 나왔다. 둘 다 최근이었다. 둘을 돌아가며 만나고 있었다. 그중 하나는 방금 전의 리딩에서 언급된 배준호로 유럽까지 함께 다녀왔다. 무려 14박 16일 여정이었다.

그 여정의 허락은 양은주를 내세웠다. 절친과 함께 이탈리아와 프랑스를 돌아본다는 거였다. 비행기 예약도 그렇게 했다. 둘은 프랑스까지 함께 갔다. 그건 채병승도 체크를 했었다. 혹시나 자기 몰래 남자와 가는 건지 확인을 한 것이다.

문제는 없었다. 민경서는 양은주와 나란히 앉았다. 비행기

안에서 찍은 인증샷은 보지 않아도 되었다. 하지만 그건 퍼펙트한 연막이었다. 비행기가 프랑스에 내리자 저만치 뒤에 앉았던 두 남자가 다가와 캐리어를 끌어주었다. 민경서와 양은주의 남자였다. 민경서가 만약을 대비해 완벽한 대비를 한 것.

두 커플을 거기서 찢어졌다. 민경서는 배준호와 신혼 같은 2주를 보냈다. 다시 인천공항에 내렸을 때 민경서 옆에는 양은주가 있었다. 남자 둘은 내일 비행기로 귀국하기로 한 것이다.

늘 그랬다.

그렇게 두 남자를 번갈아 만났다. 민경서는 용의주도했다. 남자들과의 만남은 인터넷 쇼핑몰 실시간 상담을 이용했다. 두 남자가 다 작은 쇼핑몰을 운영하는 까닭이었다. 채병승이더러 핸드폰 체크를 했지만 나올 게 없었다.

그건 오늘까지도 진행형이었다. 민경서는 방금 배준호의 아파트에서 온 길이었다. 모닝 섹스를 질펀하게 했다. 마음이 널널해지면 채병승에게 더 친절한 그녀였다. 자신에게 자유를 주고 돈을 주는 남자. 그러면서 잠자리는 같이하지 않아도 되는 남자. 구취가 문제지만 친절을 아낄 이유가 없었다.

이 당돌한 아가씨, 아니, 아줌마…….

대체 뭐 하던 사람일까? 전직이 뭐였기에 이토록 담대한 걸까? 호기심이 발동했다. 창규는 결혼하기 이전의 그녀를 알고 싶었다. 채병승과는 어떻게 만났는지도 궁금했다.

"……!"

차근차근 지난 파일을 열던 창규가 호흡을 멈췄다. 민경서
이 여자… 등골이 오싹해져 왔다. 그녀의 과거에서 튀어나온
정체 때문이었다.

민경서.

그녀는 일본에서 활동하던 콜걸이었다. 원래는 한국에서 유
사 성행위나 용돈벌이 조건만남으로 남자들을 후렸다. 그러
다 알선자가 단속에 걸리면서 낙동강 오리알이 되었다. 그때
지인이 바람을 넣었다.

"일본 가서 한 2년 구르면 목돈 좀 만진대."

"잘하면 2, 3억 문제없대."

2, 3억.

귀가 쫑긋해졌다.

기왕 뛰어든 일.

딱 2년만 굴러서 종잣돈을 만들고 싶었다. 그렇게 돌아와
작은 카페라도 내고 싶었다. 신주쿠 근처에서 비즈니스에 나
섰다. 미리 자리 잡은 한국인 조직에 소개비를 내고 들어간
것.

돈은 제법 들어왔다. 하지만 손에 남는 게 없었다. 그러다
한 손님에게서 채병승의 이야기를 듣게 되었다. 전에 채병승

의 측근이었던 사람이었다. 사무적인 행위가 아니라 애인 대하듯 녹이며 정보를 캐냈다. 그런 다음 가불을 땡겨 의상을 맞췄다.

이어링과 목걸이, 팔찌 같은 소품까지도 채병승 취향에 맞춰 세팅을 했다. 채병승이 빽 간다는 시스루 원피스, 그걸 입고 그의 연찬회에 끼어들었다. 남자라면 이골이 난 민경서. 여자라면 사족을 못 쓰는 채병승과 눈이 맞았다.

이미 다섯 번째 부인 치하루의 이야기를 들었기에 반대 스타일로 녹였다. 순진무구한 소녀 전략으로 나간 것. 작전은 적중했다.

실제로 민경서는 많이도 울었다. 그건 눈물 파일에도 나와 있었다. 상황이 불리하면 눈물부터 머금었고, 행복할 때도 눈물을 그렁거렸다. 그렇다고 칠푼이처럼 군 건 아니었다. 그저 눈이 젖을 정도. 나 슬퍼요. 당신의 넓은 마음으로 감싸주세요. 그렇게 연기된 눈물이었다. 제멋대로 놀던 채병승도 개념 갖춘 눈물 앞에서는 맥을 추지 못했다.

마침 병환을 앓던 홀아버지가 사망을 했다. 나이 먹은 남자와의 결혼을 반대할 사람은 없었다. 채병승 입장에서도 나쁘지 않았다. 여자의 친인척이라는 건, 나이 차이 심한 신랑에게는 거추장스러운 짐이었다.

허얼!

창규 어깨에서 맥이 쭉 빠져나갔다. 그동안 많은 쇼윈도 부부를 경험한 창규. 다시 한번 혼귀왕들의 신발에 혀를 내두르고 말았다.

여자 컬렉터 채병승.

프로페셔널의 실수였다. 진짜 선수에게 코를 꿰인 것이다.

그때 거대한 덩어리가 창규 옆을 지나갔다. 채병승이었다. 창규는 민경서네 테이블을 주목했다. 채병승이 앉기 무섭게 경서가 향수 신공을 펼쳤다.

치익!

"자기 냄새 좋죠?"

환한 미소로 본색을 감추는 민경서.

"오래 기다렸어?"

"아뇨. 마셔요."

경서가 마시던 커피를 입에 대주었다. 채병승은 익숙한 자세로 커피를 넘겼다. 정답다. 눈에 보이는 견적으로는 그랬다. 자애로움이 가득한 미소. 누가 저 부부를 쇼윈도 부부로 생각할까?

고기를 우물거리며 해결책을 생각했다. 채병승은 이혼을 원치 않는다. 치명적인 치부 때문이었다. 하지만 민경서는 달랐다. 그녀는, 위자료만 많이 나온다면 못 이기는 척 도장을 찍을 사람이었다.

—당신을 사랑하지만……

그녀의 주특기인 눈물 신공을 펼치면서.

하지만.

한 가지는 확실했다. 이 두 사람. 겉보기에는 세대를 뛰어넘은 환상의 부부로 보이지만 결국 결혼이라는 신성한 결합을 욕되게 하고 있다는 것. 그렇기에 둘의 破는 난형난제요, 막상막하의 표식이었다. 둘 중 누구의 편도 되고 싶지 않은 창규. 전과는 다른 쪽으로 가닥을 잡았다.

'쌍방징벌!'

*　　　　　*　　　　　*

아파트가 보였다. 민경서의 연인 배준호의 집이었다. 창규는 거기 서 있었다. 얼마 후에 그녀의 람보르기니가 달려와 멈췄다. 운전석에서 남자가 내렸다. 선글라스로 잔뜩 멋을 낸 남자가 재빨리 조수석으로 돌았다. 그가 문을 열자 민경서가 나왔다.

"차 한잔?"

남자가 추파를 던졌다.

"오늘은 가봐야 해."

민경서가 작별을 고했다. 남자는 아쉬운 표정으로 아파트로 들어갔다.

"민경서 씨?"

기다리던 창규가 다가섰다. 오늘도 사무장과 둘이었다.

"누구시죠?"

"변호사입니다."

창규가 명함을 내밀었다.

"변호사가 왜요?"

느닷없는 등장에 경계심을 드러내는 민경서.

"채병승 씨 일로 상의드릴 일이 있는데 잠깐 시간 좀 내주시겠어요?"

"우리 자기요?"

"예."

"왜요?"

"이혼 문제입니다."

"이혼? 무슨 이혼요? 그 사람이 저랑 이혼한대요?"

"사람들이 들으니 조용한 데로 가서……."

"좋아요."

민경서가 따라나섰다. 창규는 가까운 커피 전문점의 테라스에 자리를 잡았다.

"이제 말해보세요. 무슨 이혼이에요?"

자리에 앉기 무섭게 민경서가 재촉을 해댔다.

"그게 말이죠……."

상체를 숙여 조근조근 말하는 척하던 사무장, 노련한 손짓으로 딸기 주스를 엎었다. 민경서의 바지 위였다. 형사 생활까지 해본 그녀에게는 그렇게 어려운 역할은 아니었다.

"어머."

민경서가 화들짝 놀랐다.

"어머, 이걸 어떡해? 괜찮아요?"

사무장이 냅킨을 들이댔다.

"아유, 조심하시지. 이거 어떡해요?"

"화장실 가요. 죄송해요."

사무장이 민경서를 잡아끌었다. 민경서가 따라 일어났다. 두 여자의 빈자리. 그곳에는 두 개의 핸드폰이 놓여 있었다. 느닷없이 엎어진 주스를 닦으러 화장실에 가면서 핸드폰을 챙겨갈 여자는 없었던 것이다.

창규 손이 민경서 핸드폰을 집었다. 비밀번호는 이미 캐치하고 있었다.

'오케이.'

원하던 파일을 찾았다. 채병승의 '그' 사진이었다. 창규의 핸드폰 이메일로 전송하고 전송 기록을 지웠다. 두 여자는 10분쯤 후에야 돌아왔다. 사무장의 연기는 제법 수준급이었다. 저자세에 죽여줍쇼 하고 나가니 민경서도 더는 어쩌지 못했다.

"아까 하던 애기나 계속하세요. 이혼이 뭐요?"

민경서가 짜증 섞인 목소리로 물었다.

"이거……."

사무장이 떡밥을 내밀었다. 창규에 대한 기사였다.

〈톱스타 홍태리 이석후 이혼소송〉

〈재벌기업가 차재원, 국민여배우 신보라 이혼소송〉

〈현직 대통령 이혼소송의 주인공, 강창규 변호사〉

〈격투기 스타 김충광, 천재 발레리나 채나영 이혼소송〉

기사 위에 기사가 던져지자 민경서의 시선이 멈췄다. 그녀가 집은 건 톱스타 홍태리의 합의이혼 건이었다. 다음으로 격투기 선수 김충광의 이혼소송 건을 집어 들었다.

"어머……."

짧은 감탄을 토한 민경서가 창규를 바라보았다.

"이분이 그분이세요?"

"네."

창규가 답했다.

"그런데 왜 저를?"

"이혼하고 싶잖습니까?"

"예?"

"아닙니까?"

"……?"

"저는 프로 중의 프로입니다. 보시다시피 대통령 이혼 건도 성사를 시켰어요. 이혼하실 생각이 있다면 지금 말씀하십시오."

"저는……."

"이 이혼 아십니까?"

창규가 내민 건 인도네시아 재벌의 이혼 기사였다. 아내에게 하루 3억 6,000만 원을 위자료로 주고 있다는…….

"우와, 이 여자 대박 났네."

민경서가 반응을 했다.

"여러 경로로 민경서 씨도 결혼 생활에 곤란을 겪고 있다는 말을 들었습니다. 이혼이라는 그렇게 쉽지는 않죠. 하지만, 제가 나서면 어려울 것도 없습니다."

"정말… 가능해요? 우리 자기, 화나면 굉장히 무서운데… 변호사님을 묻어버릴지도 몰라요."

민경서는 손으로 자기 목을 따는 시늉을 냈다.

"결혼 생활이 오래되지는 않았죠?"

"네."

"그럼 위자료를 많이 받지는 못합니다."

"얼마나 받을 수 있는데요?"

민경서가 상체를 숙였다. 그녀의 관심은 역시 전이었다.

"3억 6,000씩 30일 어떻습니까?"

"3억 6,000으로 30일이면 곱하기 30… 100억이요?"

"거기까지는 맞춰볼 수 있습니다. 단, 채병승 회장의 유책 사유가 강하다면 말입니다."

"사유야 있죠. 하지만 그건 밝힐 수 없어요. 밝히면 나도 죽고 변호사 선생님도 이거예요."

민경서이 한 번 더 자기 목을 지나갔다.

"제가 아는 것도 있습니다만."

"변호사 선생님이요?"

"남편분 구취가 예술이죠?"

"어머, 그거 어떻게 아세요?"

"제보 내용 안에 있더군요. 일본의 병원에서도 해결이 안된다고요?"

"네… 그거 안 겪어본 사람은 몰라요. 술에 떡이 되어 관계하는 거면 몰라도……."

"최근 부부관계도 하지 않고……."

"어머……."

"이거 한번 보시겠습니까?"

거기서 카드를 뽑아 드는 창규. 노트북 화면에 띄운 건 채병승의 거시기 없는 사타구니 사진이었다.

"어머!"

당연히 자지러지는 민경서.

"이거 어디서 났어요?"

화면을 가린 민경서가 물었다. 친구에게 딱 한 번 보여주었던 사진. 언젠가 채병승이 자신을 무시하거나 바람을 피우면 보험용으로 써먹으려고 저장했던 것이 창규 노트북 화면에 뜬 것이다.

"일본에서 구했습니다만."

"일본?"

"모르시겠지만 일본의 기자가 이 사진을 가지고 있습니다. 머잖아 기사가 나오게 될 겁니다. 일본 쪽이든 한국 쪽이든."

"기, 기사라고요?"

민경서가 한 번 더 뒤집혔다. 이게 대체 어떻게 되고 있는 일이란 말인가? 그녀의 눈은 그런 표정이었다.

"말도 안 돼. 이 사진은 분명……."

"혹시 민경서 씨가 찍은 겁니까?"

"……."

"만약 그렇다면 누군가 민경서 씨 핸드폰이나 컴퓨터를 몰래 해킹한 것 같군요. 아니면 몰래 빼냈든지."

"해킹?"

민경서의 머리가 미친 듯이 돌아갔다. 자신의 핸드폰을 마음대로 만지는 사람. 두 사람이 있었다. 바로 그녀의 남친들이었다.

"미치겠네. 이거 기사로 나가면 나를 토막 내려고 할 텐데……."

"그러니까 이혼을 서두르셔야죠. 위자료 받고 난 다음에야 기사가 나든 말든 무슨 상관입니까? 민경서 씨는 두둑한 위자료로 지중해 같은 데 가서 몇 년 살다 오면 그만이죠."

"그럼 나 이혼할래요."

초조해진 민경서가 창규의 떡밥을 물었다.

"잘 생각하셨습니다. 사무장님, 서류 드리세요."

창규가 사무장을 바라보았다. 사무장은 정중한 자세로 이혼 위임장을 건네주었다. 민경서는 단숨에 사인을 해치웠다.

"고맙습니다. 어떻게든 100억은 맞춰보겠습니다. 다만 저 역시 위험성을 안고 가는 것이니 100억 이상의 위자료에 대해서는 제 수임료로 하고 만에 하나 100억 미만이 된다면 2억만 받는 것으로 하겠습니다. 동의하십니까?"

"네. 대신 저도 조건이 있어요."

"말씀하시죠."

"아까 그 사진이 기사로 나오기 전에 끝내준다고 약속하세요."

"약속드리죠."

"그럼 됐어요."

"그럼 채병승 씨의 결혼 유책 사유에 대해 빠짐없이, 우리 사무장님께 말씀드려 주시면 고맙겠습니다."

창규가 손을 내밀었다. 민경서가 그걸 잡았다.

'시작은 성공.'

창규의 시선은 이제 채병승 쪽을 겨누었다. 나머지 절반만 완성하면 혼귀왕들과의 의무에서 벗어나는 것이다.

디롱동동동.

운전하는 길에 전화가 들어왔다. 조일산 회장이었다.

—미안한데 시간 좀 되시나?

급한 목소리였다. 창규도 바쁘지만 양명화의 교통사고 후유증을 도와준 일도 있고 해서 거절하지 못했다.

"강 변호사?"

삼광리얼통상 회장실에 들어서자 조일산이 창규를 반겼다. 안에는 다른 사람이 둘이나 있었다. 부회장 길봉조와 또 한 사람이었다.

"앉으시게."

조일산이 자리를 권했다. 창규는 두 사람에게 인사를 하고 자리를 잡았다.

"여긴 우리 처삼촌되시는 김태열 사장님. 서울에서 헤븐 사우전드 호텔을 경영하고 계시다네."

"아, 네……?"

인사를 하던 창규가 잠시 동작을 멈췄다. 헤븐 사우전드? 이재명 판사에게 들은 그 호텔이었다.

"요즘 바쁘시지?"

"예……."

"실은 우리 숙부님이 일본 자본과 전쟁을 벌이고 계시다네. 중국인 중심의 호텔사업이 한계에 이르자 동남아와 유럽 쪽으로 다변화하려다 보니 자금이 필요해서 호텔 카지노를 넘겼는데 일본 쪽에서 카지노 자체를 옮기려고… 숙부님께서 직접 설명하시죠."

조일산이 김태열을 바라보았다.

긴 날숨과 함께 설명이 시작되었다. 이재명 판사를 통해 대략 들었던 소송전. 생각보다 심각했다. 쟁점은 카지노의 이전 문제. 호텔 측에서는 죽어도 안 되는 문제였고 일본 측에서는 처음부터 그걸 노린 매입이었다.

계약상으로는 호텔 측의 실수였다. 카지노를 넘기는 과정에서 농담 삼아 이전은 안 된다는 이야기가 나왔지만 명문화하지 않은 것. 그게 뒤통수를 찍는 비수가 될 줄은 몰랐던 호텔 측이었다.

이 해결책은 사실 창규가 가지고 있었다. 채병승의 섭취물에서 읽은 보안 사항 덕분이었다. 헤븐 사우전드 카지노의 지분은 여럿이 나눠가지고 있었다. 채병승은 그중에서도 과거 주먹 사업가로 알려진 진기순의 지분을 인수해 발판으로 삼았다.

그게 강탈이었다. 거들먹거리기 좋아하는 진기순을 오사카로 초대해 사기도박을 벌였던 것. 그건 사실 진기순이 과거에 많이 써먹던 방식이었다.

덫에 걸린 진기순은 꼼짝없이 지분을 넘기고 말았다. 시세의 55%밖에 되지 않는 헐값이었다.

"제가 뭘 도와드리면 될까요?"

채병승의 아킬레스건을 알기에 수락조로 물었다.

"뭐든 좋습니다. 저놈들 입을 막고 카지노가 제자리에 있을 수 있다면… 아니, 가능하기만 하다면 은행 대출을 받아서라도 다시 매입하고 싶습니다. 해서 설전을 벌였는데 저쪽이 적반하장으로 나오니 대안이 필요한 자에 조 회장이 말하기를 강 변호사라면 묘수가 있을지도 모른다고 해서……."

"변호사는 이미 선임하셨다고 들었는데요."

"예… 하지만 신통한 전략이 나오지 않아서……."

"회장님, 조용한 방 하나 빌릴 수 있을까요?"

창규가 조일산을 바라보았다. 조일산은 기꺼이, 빈 회의실 하나를 내주었다.

"원하시는 게 두 가지로군요. 일단은 카지노의 이전 금지, 또 하나는 카지노의 재매입."

자리를 옮긴 창규가 말을 이어갔다.

"그렇습니다."

"전자와 후자에 대한 수임료는 어떻게 책정하실 건가요?"

"가능합니까?"

"그냥 여쭤보는 겁니다. 사장님 결의가 어떠신지……."

"전자라면 10억, 후자라면 30억을 드리지요."

"콜을 받겠습니다."

"……!"

"조 회장님 얼굴이 있으니 구두 가계약으로 하겠습니다. 제가 좀 알아보고 가능성이 생기면 따로 연락을 하겠습니다."

"다음 공판이 열흘 후입니다만……."

"그 안에 연락을 드리겠습니다."

"강 변호사님."

"일단 제 이름을 변호인단에 올려두십시오. 장담은 못 합니다만 좋은 결과 드리도록 노력하겠습니다."

"부탁합니다. 꼭!"

김태열이 일어나 허리를 숙였다. 창규도 맞인사로 예를 표했다.

10억과 30억.

굉장한 수임료였다. 하지만 창규의 관심은 돈보다 쟁송 자체에 있었다. 애당초 불법으로 시작된 카지노 매입 건. 그에 대한 경종을 울리고 싶었다. 게다가 이 건은 민경서의 이혼과 같은 선상에 있었다. 창규에게는 채병승을 만날 명분이 하나 더 생긴 것. 잘하면 꿩 먹고 알 먹을 수도 있는 일이었다.

 혼귀국의 마지막 수임이라서 그런 걸까? 이 건의 중요도가 점점 높아지고 있었다. 올인을 해야 할 일다워진 것이다. 그렇기에 창규의 심장도 후끈후끈 달아오르고 있었다.

 "변호사라고요?"

 채병승의 한국 사무실에서 여비서가 물었다.

 "예."

 창규가 대답했다.

 "선약은요?"

 "없습니다."

 "그럼 오늘은 안 됩니다. 회장님은 스케줄이 꽉 찼거든요."

 "이걸 보여 드리면 시간을 내주실 겁니다. 이 사업의 문제를 제가 안다고 하면 됩니다."

 창규가 서류 봉투를 내밀었다.

 "영화 많이 보셨군요?"

 "영화가 아니라 실화입니다."

창규는 시선 하나 흩뜨리지 않았다. 여비서는 고개를 갸웃거리며 회장실 문을 두드렸다.

"들어오시라네요."

잠시 후에 여비서가 문을 가리켰다. 창규는 여비서의 안내를 받으며 회장실로 입장했다. 채병승의 시선은 창규가 준 봉투 위에 있었다. 서류는 일본의 기사들이었다. 겉보기에는 아무 문제가 없던 채병승의 사업 확장. 그러나 문제가 될 만한 사업만 추려온 창규였다.

"이 사업에 문제가 있다고 하셨소?"

채병승이 비로소 고개를 들었다.

"앉아서 설명드려도 되겠습니까?"

"설명에 가치가 없다면 자리값을 치러야 할 거요."

"감수하죠."

창규가 앞자리를 차지했다.

"헤븐 호텔 쪽의 변호사? 첫 공판까지는 없던 이름인데?"

"동시에 민경서 씨의 변호사이기도 합니다."

"우리 경서?"

"제게 이혼소송을 위임하셨습니다만……."

창규가 소송 계약서 사본을 내밀었다.

"이혼이라고?"

"당사자이신 채병승 씨께 정식으로 통보합니다. 채병승 씨의 법률상 배우자인 민경서 씨께서 제게 이혼소송 제기를 의뢰하셨습니다."

"이봐!"

채병승이 묵직하게 반응했다.

"동시에 헤븐 사우전드 호텔과 다투는 카지노 건도……. 그러니 제게 두 배의 시간을 할애하셔야겠군요."

"그러다 두 번 죽을 수도 있지."

"미리 말씀드립니다만 그런 류의 언행은 협박죄가 성립할 수 있습니다."

"내 생각에는 변호사가 협박을 하는 거 같은데? 우리 경서는 절대 이혼 같은 생각 안 하거든."

채병승은 등을 기대며 여유를 부렸다.

"일단 이혼 건부터 시작할까요?"

"이혼은 없다고 하지 않았나?"

"민경서 씨 생각은 다릅니다만……."

"당신이 우리 경서를 알아?"

"이건 알죠."

창규가 향수를 꺼내보였다. 민경서가 자주 사용하는 그 향수였다.

치익!

채병승이 알은체를 하자 그 허공에 향수를 발사해 주었다.

냄새는 끝내줬다.

"향수?"

"민경서 씨를 만나기 전에는 몰랐던 향수죠?"

"그래서?"

"민경서 씨도 당신을 만나기 전에는 몰랐던 향수입니다."

"뭐라?"

"당신은 구취가 엄청납니다. 그녀가 취할 정도죠. 그래서 자기 방어를 위해 향수를 뿌리며 삽니다. 그렇지 않으면 코가 썩어 문드러질지도 모르니까요."

"미친… 경서는 내 발꼬랑내까지도 좋아하는 아이야."

"립 서비스죠."

"뭐라?"

"물론 당신은 그런 얘기를 듣지 못했을 겁니다. 왜냐면 그걸 말한다는 건 아내 직함에 사표를 내거나 작살이 나거나 둘 중 하나를 뜻하는 거니까요."

"잘도 갖다 붙이는데 말이야, 자랑은 아니지만 내가 여섯 번째 신혼이야. 그중에는 바른말하는 여자도 있었는데 그런 말 없었거든."

"당연하죠. 그때의 당신은 그럭저럭 괜찮았습니다. 나이를 먹으면서 몸이 건조해지자 내재된 구취가 활동을 시작한 거죠. 공교롭게도 민경서 씨와 결혼한 직후, 갈치를 먹다 입안이 찔러서, 지독한 구내염을 앓은 이후부터 그랬으니까요."

"……!"

여기서 채병승이 미간이 살짝 구겨졌다. 정곡을 짚은 창규의 설명 때문이었다.

"이후로 민경서 씨는 이 향수를 달고 살았습니다. 당신이 들어오면 치익, 당신이 안아도 치익, 당신이 키스를 할라 쳐도 치익!"

"……."

"또 하나 역시 냄새나는 곳입니다만……."

창규가 잠시 시선을 들었다.

"냄새?"

"바로 여깁니다."

치익!

향수가 한 번 더 뿌려졌다. 채병승의 사타구니 쪽이었다.

"……!"

채병승의 눈매가 살벌하게 구겨졌다. 그 살벌함이 행동으로 이어지지는 않았다. 창규는 보았다. 그 눈동자에 흐르는 복잡한 속내…….

"무슨 짓인가?"

"회장님이 알고 계실 일입니다."

"장난하나?"

"채 회장님… 무서운 분이더군요. 잠시 사업으로 돌아가면… 그 기사 속에 나오는 기업들은 날것으로 드셨죠? 협박, 조작, 날조, 심한 경우에는 살인 교사까지."

"이봐!"

"이번에 헤븐 사우전드 카지노 지분 인수의 시작도 같은 방식의 비즈니스 아니었습니까? 19%의 지분을 가진 진기순을 오사카로 초청해 며칠 기분을 맞춰주고 결국에는 사기 카지노로 끌어들여 녹여 버린……."

"……?"

"그걸 밑천으로 카지노 지분 확보에 들어갔죠? 일본 자본에 대한 거부감이 일 것을 우려해 전직 장관 출신에게 수고비로 골동품 몇 점을 전달……."

"……!"

"작전에 참가한 사람 중에 여자도 있더군요. 이름은 히로. 가슴은 특 A컵. 고액 카지노에서 진기순을 녹이는 역할을 맡았죠. 그 대가로 회장님과 동침하고 1,000만 엔의 배당을 받아간."

"……!"

이야기를 듣던 채병승이 벌떡 일어섰다. 육중한 몸이 서니 마치 담장이 쳐진 것 같았다. 그래도 창규는 다음 말을 멈추지 않았다.

"그렇게 무서운 분임에도 이런 말을 드리는 건 제가 그만한 준비가 되어 있기 때문입니다."

"어떤 준비 말인가?"

"이걸 좀 봐주시겠습니까?"

창규가 종이 한 장을 내밀었다. 사진 복사본이었다. 그걸 받아든 채병승의 얼굴이 개판으로 일그러졌다.

"이 새끼!"

격노한 채병승이 창규의 멱살을 잡아 세웠다. 괴력이었다. 창규는 짚단이 매달린 듯 버둥거렸다.

"컥커억!"

숨이 막혀왔다. 솥뚜껑만 한 손의 악력은 장난이 아니었다. 마지막이라는 것. 어떤 과정의 끝이라는 것. 그건 역시 쉽지 않았다. 하늘이 노래지는 순간, 다행히 천장의 전등들이 폭음을 내며 연기를 피웠다.

퍽퍼억!

"……?"

놀란 채병승이 천장을 돌아보았다. 여비서와 경호원 둘이 뛰어들어 왔다.

"회장님!"

"저……"

창규가 바닥을 가리켰다. 거기 떨어져 구르는 채병승의 난

해한 사진. 채병승은 창규를 내던지고 사진부터 집어 들었다.

"컥컥!"

그사이에 창규는 거친 기침을 쏟아냈다. 기침과 함께 남은 전등 몇 개가 더 터져 나갔다.

퍼펑펑!

"……!"

"……!"

실내가 정돈된 후, 창규는 다시 채병승과 마주하고 있었다.

"이야기를 계속해야겠죠?"

가방 안에서 사진을 한 장 더 꺼냈다. 채병승이 움켜쥐고 있는 그 사진의 복사본이었다.

"저는 잠깐 화장실 좀 쓰겠습니다."

사진을 두고 화장실로 향했다. 회장 화장실은 으리번쩍했다. 일단 변기 물부터 내렸다. 물 내려가는 소리를 따라 두둑을 불었다. 불을 켜지 않은 탓인지 혼귀왕들의 강림이 선명하게 보였다.

"요즘 자주 부르는구나?"

몽달천황이 말했다.

"저도 부르고 싶지 않습니다만."

"무엇이냐? 분명 도움까지 주었거늘."

"죄송하지만 약합니다."

"약해?"

"상대는 야쿠자도 데리고 노는 자입니다. 이 건이 마지막이니 한 번만 더 도와주십시오."

"내가 알기에 변호사께서 일거양득을 노리는 걸로 아네만. 그렇다면 이 정도만 해도 과분한 거 아닌가?"

"돈 때문으로 생각하신다면 두 분 이름으로 기부할 수도 있습니다."

"얼마나 쏘려고?"

"카지노 소송 수임료를 삼등분해서 2인분을 드리겠습니다. 몽달천황님과 왕신여제님의 몫으로……"

"허어, 죽은 우리를 돈으로 엮으려 하는구나?"

"돈이 아니라 명예입니다. 귀신도 명예는 필요하지 않습니까?"

"거절한다."

"……?"

"이 건은 우리의 마지막 의뢰. 다음이 없는 일이니 변호사의 노하우를 동원해 해결해 보도록."

"……"

거절!

그 말과 함께 스산함이 사라졌다.

두둑을 쥔 손에서 맥이 빠져나갔다.

'할 수 없지.'

사무장에게 카톡을 보냈다. 귀신이 안 된다면 현실에 기댈

수밖에 없었다.

—아까 전해준 거 소장 형식으로 나왔나요?

—네.

—이메일로 좀 쏴주세요.

마무리를 하고 화장실을 나왔다. 그사이에 테이블 분위기

가 변했다. 채병승이 사진을 박박 찢어놓은 것이다.

'열받았군.'

시치미를 떼고 소파에 앉았다. 어쩌면 이제부터가 진짜 협

상이 될 것 같았다.

"어떻게 하시겠습니까?"

창규가 다시 물었다.

"이혼 문제는 이따가 경서에게 확인해 보지. 카지노는 법원

판단에 맡기자고."

"프린터 좀 써도 될까요?"

"그만 나가주면 좋겠네만."

"그럼 비서실에서 빌려 쓰죠."

"좋도록."

"비서들이 보면 좋지 않을 내용이 있습니다만."

"……."

"……."

"쓰게."

채병승은 하는 수 없이 수락하고 말았다.

지잉!

이메일로 들어온 서류가 두 파트로 나뉘어 출력이 되었다. 하나는 민경서의 이혼 사유 모음이었고 또 하나는 채병승의 사업상 불법과 비리에 대한 모음이었다. 비리에 있어 한 가지 여지는 두었다. 그가 사주한 끔찍한 살인 교사. 그건 전략상 언급하지 않았다. 그 비밀까지 안다고 하면 경호원들이 덮칠 것 같았다. 으슥한 곳으로 끌고 가 끝장을 낼지도 몰랐다.

혼귀왕이 도와줘 위기를 모면한다고 해도 마찬가지다. 이제 혼귀국과의 전속 계약은 마지막에 이르렀다. 하지만 채병승은 그 이후에도 존재한다. 그 위험부담을 걸러낸 것이다. 채병승의 사업상의 비리만 추려 승부수를 던졌다. 터지면 한국의 카지노 사업의 득보다 실이 많은 정도.

그걸 테이블에 올려놓고 문으로 걸었다. 가타부타 말 따위는 하지 않았다.

딸깍!

비서실 문을 열었다. 채병승은 여전히 반응이 없었다. 경호원들의 눈총을 받으며 복도로 나왔다. 그래도 반응은 따라 나오지 않았다.

땡!

엘리베이터가 열렸다. 채병승은 여전히 무반응…….

'틀린 건가?'

허파에서 바람이 쭉 빠져나갔다.

거세당한 쪽팔림은 감수하지.

사업상의 불법들, 갈 데까지 가보자고.

채병승이라면 그렇게 생각할 수도 있었다. 거시기를 잘린 건 그만이 아니다. 게다가 이제 환갑에 접어든 나이. 물건이 없어도 사는데 지장이 없었다. 사업상의 불법과 비리 등도 그랬다. 어쨌든 다 지나간 일. 설령 한국이나 일본 검찰이 나선다고 해도 변호인을 동원하면 되었다. 1심에서 지면 2심으로 가고, 거기서도 지면 대법원으로 간다. 전관예우부터 사돈의 팔촌까지 다 동원하면 큰 처분을 면할 수도 있었다. 어쩌면 채병승은 그렇게 생각하고 있는 지도 몰랐다.

어렵군.

이래서 혼귀들이 마지막 건으로 이걸 정한 건가?

그렇겠지.

누워 떡 먹기를 안길 리가 있나.

창규는 마음을 비웠다. 자칫하면 정식 소송으로 들어가 긴 시간을 잡아먹을 수도 있었다.

지잉!

그 사이에 엘리베이터 문이 닫혔다. 그런데 다 닫히지 않았다. 누군가의 손이 엘리베이터 틈을 잡은 것이다. 여비서였다.

"저기요……."

숨이 턱까지 찬 여비서, 겨우 숨을 가다듬으며 뒷말을 이었다.

"회장님이 뵙자고 하셔요."

"……!"

"……!"

다시 회장실 안, 창규와 채병승은 말 대신 눈빛을 나누었다. 출력된 서류는 회장 손앞에 있었다. 눈치를 보니 검토가 끝난 모양이었다.

"이거 출처가 어디인가?"

채병승이 침묵을 깼다.

"비밀입니다."

"비밀?"

"회장님이 원하는 거 아닙니까? 영원한 비밀!"

"이 사진… 경서가 찍은 게 아니고?"

채병승이 사타구니 사진을 두드렸다.

"아닙니다. 방금 거절을 하시길래 막 그녀에게 알려 드리려던 참이긴 했습니다만."

탕!

채병승이 테이블을 내리쳤다. 불쾌감이었다.

"알리지 마라."

"……."

"이 자료… 법원에 제출했나?"

이번에는 카지노 지분 확보 과정의 자료에 대해 질문하는 채병승.

"그 또한 저희 사무실에서 막 법원에 제출하려던 참이었습니다. 나머지는 검찰과 일본 검찰에……."

"약속할 수 있나?"

"뭘 말입니까?"

"이 두 가지 자료가 영원히 없어지는 것."

채병승이 창규를 쏘아보았다. 우묵한 눈덩이 속에서 끓어오르는 긴장감. 그도 긴장하고 있는 게 틀림없었다.

"회장님이 어떤 패를 보여주느냐에 달렸습니다."

"변호사 패는?"

"이혼소송부터 시작하죠."

"……."

"민경서 씨는 젊습니다. 미래를 위해서 큰 거 두 장 정도 쓰시기 바랍니다."

"20억?"

"동그라미 하나 더 쓰시죠."

"……!"

"카지노는 소 취하 하시고 원소유자에게 재매매를 하시면 간단하리라 봅니다."

"이봐. 내가 거기 들인 공이 얼마인 줄 알기나 하고 하는 소린가?"

"그건 모르지만 거절하시면 더 많은 시간을 허비하게 될 겁니다. 제 소견이지만 회장님은 한국 땅에서만 적어도 5년 형입니다. 그거 끝나고 일본으로 가시면 15년쯤 받을지도 모르죠. 순서가 뒤바뀐다고 해도 위로가 되지는 않을 테고요."

"……"

"남자의 체면은 덤입니다."

창규가 사타구니 사진을 짚었다.

"……"

채병승은 침묵했다. 그사이에도 몇 번이고 서류에 시선이 오갔다. 발목을 완벽하게 잡아버린 서류들. 마침내 짜증과 함께 팽개치는 채병승이었다.

"변호사 제의를 받아들이지."

그는 가슴팍을 움켜쥔 채 쉰 호흡을 밀어냈다.

"……!"

"하지만 그대로는 안 되네."

"말씀해 보시죠."

"민경서 말이야, 150억으로 하고 카지노도 내가 매입한 가격에 30억 추가. 그럼 수용하겠네."

"전자는 콜, 후자는 No입니다. 선택하세요."

"변호사!"

"전자는 인간관계지만 후자는 불법 관계입니다. 둘을 비교해도 50억을 깎고 30억을 버리는 것이니 회장님이 20억 이익입니다만."

"……."

"결정하지 않으시면 거절하시는 것으로 알고 예정대로 진행하겠습니다."

창규가 일어섰다. 이미 흔들린 채병승. 돈 30억에 결렬 패를 뽑지는 않을 거라는 판단이었다.

"젠장!"

채병승의 솥뚜껑 같은 손이 테이블을 후려쳤다. 그리고, 그 손바닥만큼이나 묵직한 목소리로 소리를 질렀다.

"받아들이면 될 거 아냐!"

"……!"

스타노모 회의실 문에서 민경서가 걸음을 멈췄다. 안에 앉아 있는 채병승 때문이었다. 다리를 꼰 그는 묵직한 태산 같았다.

"앉으시죠."

창규가 자리를 권했다. 민경서는 잠시 주저했다. 커다란 선글라스까지 썼지만 긴장이 여실히 엿보였다. 짧지 않은 시간 동안 살을 섞고 산 부부. 다정한 원앙처럼 굴던 부부. 어느 한 때, 그건 진실일 수도 있었다.

여체를 탐하는 채병승일지라도, 한몫 땡기려고 아카데미 여우주연급 연기를 펼친 민경서라도… 매 순간 연극일 수는 없다. 어느 한순간은 사랑이라는 이름이 어울렸을 사람들… 하지만 사랑의 유효기간은 그리 길지 않다. 더구나 계산된 사랑으로 만난 사람들은.

"사인하시죠."

창규가 합의이혼 서류를 꺼내놓았다.

동양의 장유유서 사상에 입각해 채병승 먼저 대우해 주었다. 거구는 시거를 꼬나문 채 사인을 했다. 다분히 신경질적인 사인이었다.

"민경서 씨도."

창규가 서류를 넘겼다. 민경서는 마른침을 삼키며 사인을 마쳤다. 그러자 채병승이 손을 내밀었다.

"……?"

손짓만으로도 흠칫거리는 민경서…….

"핸드폰!"

채병승은 딱 한마디를 날렸다.

"왜요?"

역시 한마디로 대답하는 민경서. 채병승은 신상 핸드폰 박스를 던져놓았다. 손은 여전히 내밀고 있는 채였다. 바꾸자는 것이다.

"드리세요."

창규가 거들었다. 그건 채병승의 작은 옵션이었다. 민경서의 핸드폰 압수. 혹시라도 그 안에 다른 사진이라도 있을까 의심하는 것이다.

"그럼 내 지인 전화번호들은……."

"큰 걸 보세요."

창규가 거듭 신호를 보냈다. 민경서는 결국 핸드폰을 건네주었다.

"어이!"

채병승이 밖의 경호원을 불렀다.

"부르셨습니까?"

"여기, 입금시키라고 해."

"알겠습니다."

지시를 받은 경호원이 문을 닫고 나갔다. 몇 분 되지 않아

문이 다시 열렸다.

"완료되었다고 합니다."

"확인하시오. 변호사 양반."

채병승이 창규에게 말했다. 핸드폰을 눌러 입금 여부를 확인했다.

—…억 …천만 원이 입금되었습니다!

멘트가 또렷하게 나왔다.

"확인되었습니다."

그 말을 들은 채병승이 일어섰다. 몇 발을 걷던 그가 민경서 옆에서 멈췄다. 민경서의 이마가 창백해지는 게 보였다. 창규 역시 긴장의 끈을 놓지 않았다. 채병승은 민경서의 핸드폰을 손에서 놓았다.

통!

핸드폰이 그의 발밑에서 굴렀다. 그는 느긋하게 핸드폰을 뭉갰다.

와자작.

뽀작.

몇 번이 반복되자 핸드폰은 콩가루가 되고 말았다.

"변호사 양반."

채병승이 창규를 바라보았다.

"예!"

"다시 말하지만 이 순간 이후로 나를 잊어버리도록. 만약 변호사 양반을 출처로 작은 무엇만 거론되어도 이번 일의 열 배, 백 배의 책임을 물을 것이니."

"고객과의 신뢰는 제 신조입니다. 염려 마십시오."

"그건 알아보았어. 그나마 당신 신뢰도가 좋기에 감수하는 거야."

"고맙습니다."

"너도!"

민경서에게도 확인을 날리는 채병승.

"걱정 말아요."

민경서의 목소리까지 들은 채병승이 문으로 걸었다.

탁!

문이 닫기자 민경서 상체가 소파로 넘어갔다. 산더미 같은 긴장이 풀린 것이다.

"괜찮습니까?"

창규가 물었다.

"예… 잘못하면 한 대 맞아서 골로 가는 줄 알았어요."

민경서는 바닥이 꺼질 듯 한숨을 쉬었다.

"위자료는 한 시간 안으로 이체해 드리겠습니다."

"아뇨. 지금 이체해 주세요."

"예?"

"지금 당장요. Right Now!"

"그러죠."

창규가 대답했다. 시간 끄는 이자로 팔자를 고칠 것도 아니었다. 이체는 사무장을 통해 해결했다.

"이제 가보셔도 됩니다."

"수고했어요. 변호사님."

텔레뱅킹으로 잔액을 확인한 민경서가 손을 내밀었다.

"예……."

"아유, 이렇게 간단히 끝나는 걸… 이래서 다들 변호사, 변호사 하나 봐요."

"……."

올 때와 달리 민경서는 홍겨운 모습으로 걸어 나갔다. 그녀가 건물에서 나오자 남자가 손을 들었다. 그녀의 람보르기니를 닦고 있던 남자였다.

민경서는 우아를 떨며 운전석에 앉았다. 그런 다음 쭈뼛거리는 남자를 향해 힘차게 소리쳤다.

"야, 타!"

와다당!

람보르기니는 요란하게 떠나갔다.

'아자!'

창규, 차 소리만큼이나 짜릿하게 주먹을 쥐었다. 혼귀들과의 수임, 그 끝이었다. 마침내 자유가 된 것이다. 혼귀들의 수임이 없더라도 쌍식귀를 사용할 수 있게 된 것이다.

아자!

아자!

창규는 한 번 더 격한 감격에 떨었다.

"변호사님, 민경서 씨 가는 거 봤어요? 요즘 애들 진짜 모르겠다니까요. 대체 머리에 뭐가 들었는지……."

사무장이 다가왔다. 창규는 재빨리 표정 관리에 들어갔다.

"뭐 우리가 고객 머릿속까지 알 수는 없으니까요."

"으음, 아니죠. 변호사님은 아는 거 아닌가요? 가끔 보면 그런 확신이 들거든요."

"확신까지요?"

"아니면요? 아무리 뉴스 타파에 연결된 분들이 고급 정보를 준다고 해도 너무 귀신같은 일들이 많단 말이죠. 이번에도 그래요. 채병승 회장… 그 사람의 평소 평판이나 사업 스타일하고 너무 다른 선택이었거든요. 이혼도 지금까지의 경우와 달리 위자료를 내주었고 카지노 사업도 철수를 결정했으니… 저 솔직히 이번에는 무리라고 생각하고 있었어요."

"치부 때문이죠."

"치부요?"

"사무장님이 가장 싫어하는 모습은 뭘까요?"

"음… 앞니에 고춧가루 낀 거? 아니면 침 흘리며 조는 모습?"

"그건 좀 약하고, 전에 제가 영화에서 본 건데 겁에 질려 오줌을 지린 모습이거나 오바이트 하고 그 옆에서 퍼질러 자는 건 어때요? 누군가 그런 모습의 사진을 찍어 공개하는 건?"

"으악, 그건 절대 안 되죠. 그럼 어떻게 얼굴을 들고 다녀요?"

"바로 그거예요."

"네?"

"거기에 하나 더 추가하면 심장병이죠. 채병승은 좀 안 좋거든요. 그래서 스트레스받고 싶지 않은 거예요. 그러니 괜히 복잡하게 따지지 말고 점심 예약이나 하시죠. 고생 많이 하셨으니 돈 아끼지 말고 특식 예약해서 드세요."

창규가 상의를 집어 들었다. 연결된 사건이 남았다. 헤븐사우전드 김태열 사장과 조일산을 만날 시간이었다.

"아, 결국 핵심은 피하고 가시네."

사무장이 투덜거렸다.

"그럼 됐지 뭘 더 바래요? 나는 야쿠자들이 우리 사무실 습격하는 건 아닌가 걱정했는데."

일범이 거들고 나섰다.

"하긴 저도 그 걱정은 좀 했어요. 경호원들도 은근 살벌하던데……."

"그 여자 경호원 있잖아요? 무술이 도합 24단이래요."

미혜도 대화에 끼어들었다.

"우어어, 그럼 막 날아다니겠네?"

상길이 빠질 리 없다.

"아이고, 의미 없다. 나는 맛집이나 알아봐야겠네요."

사무장이 책상으로 걸었다. 연락처를 뒤적이던 사무장. 수화기를 들더니 또 한마디를 내뱉고 말았다.

"그래도 진짜 궁금하네. 대체 채병승 같은 인간이 찍소리 못할 치부가 뭐지?"

"우워어, 우리 사무장님 은근 뒤끝 있네?"

"제 말이……."

일범이 자지러지자 미혜도 합세를 했다. 화가 난 사무장이 보복의 칼자루를 휘둘렀다.

"오늘 점심 특식은 취소예요. 그냥 평소대로 된장 백반이나 먹자고요!"

"우워어!"

일범과 상길, 미혜는 진짜 비명을 터뜨리고 말았다.

5. 보너스 스테이지

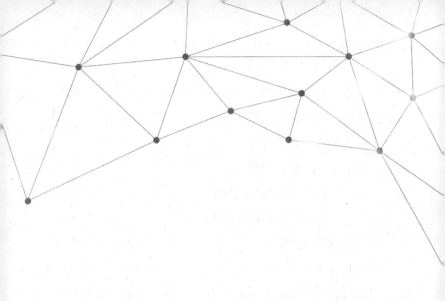

"강 변호사!"

창규 차가 멈추자 조일산과 김태열이 다가왔다. 교외의 한적한 명가 한식집, 예약한 방이 아니라 주차장에서 기다린 그들이었다.

"안에 계시지 않고⋯⋯."

차에서 내린 창규는 미안해 어쩔 줄을 몰랐다.

"무슨 말씀입니까? 내 구세주가 오시는데 앉아서 기다리다니⋯⋯."

김태열이 웃었다.

"맞아. 우리 숙부님이 그런 사람이었다면 내가 강 변호사 소개 안 시켰지요."

조일산이 창규 등을 두드렸다. 호의가 담긴 손길이었다.

"궁중코스 어떻습니까?"

자리에 앉자 김태열이 물었다.

"저는 아무것이라도 괜찮습니다."

"그럼 궁중코스로 가지요. 실은 저도 이거 딱 한 번밖에 못 먹어본 겁니다."

"어이쿠, 숙부님은 드셔보시기라도 했군요. 저는 이런 거 처음 봅니다."

조일산이 장단을 맞췄다.

"그럼 곱빼기로 시켜 드릴까?"

"하핫, 보아하니 반찬만 수십 가지일 거 같은데 다 먹을 수나 있겠습니까?"

"그러게 말일세. 꼭 나 같은 소리지?"

김태열이 얼굴을 붉혔다.

"그건 또 무슨 말씀입니까?"

"호텔 살리겠다고 대들보를 뽑았으니 하는 말 아닌가? 그거 빠지면 우리 호텔 허깨비라는 것도 모르고……."

"숙부님……."

"아무튼 내가 식겁을 했네. 강 변호사님 아니었으면 간판

내릴 뻔했어요."

김태열의 시선이 창규에게 건너왔다.

"별말씀을……."

"아니에요. 채병승 쪽 전화받고 꿈인가 생신가 했다니까요. 소송전까지 불사하던 인간들이 재매각 통보를 해오다니……."

"제가 읍소를 했는데 그게 잘 먹힌 모양입니다."

창규가 겸손히 대답했다.

"숙부님, 우리 강 변호사가 이렇습니다. 다른 변호사들 같으면 그저 자기 공치사해 가며 소송비 더 뜯어내기 바쁠 텐데 말입니다."

"그러게. 내가 천운을 만난 게야. 이제야 호텔 경영에 눈이 좀 뜨인다니까."

"좋은 소식도 있다고요?"

"그래. 어제 카지노 매입 계약을 마치고 2시간이나 되었을까? 쿠웨이트와 러시아에서 큰손 예약이 들어오지 않았겠나?"

"우리 강 변호사하고 궁합이 잘 맞는 모양이군요."

"하긴 자네를 구한 실력이 오죽했겠나? 내가 처음부터 강 변호사 생각을 했어야 하는데 우리 이사진들이 현재의 변호인단이 최고 전문가라고 하는 바람에……."

"그분들도 나쁘지 않았습니다. 최소한 제기했던 소송에서는 좋은 결과를 안겨줬을 겁니다."

창규가 분위기를 정리했다. 운이 좋았던 것은 창규였다. 그러니 다른 사람을 폄훼하고 싶지 않았다. 그사이에 코스 요리가 들어오기 시작했다.

"자자, 많이 드세요. 나는 사실 오늘 안 먹어도 배가 부릅니다."

김태열은 요리 전부를 창규 앞에 밀어놓았다.

"숙부님, 이거 너무 편애신데요?"

조일산이 볼멘소리를 냈다.

"아, 편애 좀 하면 어떤가? 자네나 나나 강 변호사 아니었으면 낭패를 보았을 주제들 아닌가? 강 변호사 맛나게 먹는 것만 봐도 과하지."

"하핫, 팩트이긴 합니다."

조일산이 웃었다.

"많이 드세요. 수임료는 오는 길에 입금을 했습니다. 그리고 이건 내 성의예요."

김태열이 작은 상자 하나를 내밀었다.

"뭐죠?"

"열어보세요."

김태열이 말했다. 창규는 화전을 문 채 상자를 열었다.

"……!"

견고한 포장 안에 든 건 청자죽순형 주자였다. 아버지의 거래품 덕분에 이것저것 찾아봤던 창규. 그걸 모를 리 없었다.

"이거?"

"고려시대 청자죽순형 주자래요. 뭔가 선물을 하고 싶은데 마침 강 변호사 사무실에서 본 백자가 생각나지 뭡니까? 선물로 받은 거지만 나는 별 소양도 없고 강 변호사에게 잘 어울릴 거 같아서……"

"아닙니다. 이렇게 귀한 걸 어떻게……"

"어허, 그러지 말고 받으세요. 그거 우리 집에 있어봤자 그냥 주전자입니다. 전에 집안 어른이 오셨을 때는 막걸리도 담아 마셨다니까요. 그 양반 말씀이 그런 데 담아 마셔야 술맛이 난다나."

"사장님……"

"받아두세요. 솔직히 강 변호사, 그거 받을 자격 있습니다."

조일산이 거들고 나섰다. 별수 없이 선물을 챙겼다.

30억 입금에 더한 골동품 선물.

그러나 그 시작은 채병승……

그리고 보니 곁가지로 달린 문재엽 전장관이 생각났다.

'우연일까?'

창규가 골똘해졌다. 채병승 역시 그에게 골동품을 안겨주며 카지노 진출의 발판으로 삼았었다. 잠시 잊고 있던 창규.

문재엽을 뇌리에 그렸다. 그러고 보니 채병승 건은 지금이 마감 타임이 아니었다. 장관 자리 때부터 뭐 받아먹기 좋아하던 사람. 적폐 고관대작이다. 마무리는 그에게서 해야 할 것 같았다.

*　　　　*　　　　*

문재엽.

그는 무슨무슨 연구소에 있었다. 퇴직 고관이나 전직 국회의원들이 모여 나라를 위한다는 명분으로 만든 단체. 다른 연구소는 그렇지 않겠지만 이 연구소는 쓰레기들의 아지트였다. 그건 안에서 들리는 소리로도 알 수 있었다.

"이 나라가 썩었다니까. 나 같은 인물 공천을 안 준다니……."

"그러게 말이야, 옛날에는 다 내 밑에서 기던 놈들이……."

"이 회장, 청와대에 선 안 닿아? 한자리 차지하면 현찰로 쏠테니까 다리 좀 놔봐."

몇몇 멤버들의 말부터 구역질이 올라왔다. 생각 같아서는 문을 박차고 들어가 죽통을 날리고 싶은 창규. 그래도 참고 문재엽을 기다렸다.

"누구?"

잠시 후에 나온 문재엽이 창규를 바라보았다. 손에는 시가가 들려 있다. 제 돈으로 샀을 리 없으니 누군가를 쪼아 받은 뇌물일 것으로 보였다.

"채병승 씨 아시죠?"

창규가 일어서며 물었다.

"채병승?"

"여기서 얘기할까요? 아니면 나가서 얘기할까요?"

"당신 뭔데?"

문대엽의 고개가 삐딱한 각을 그렸다. 한때는 장관. 그 푸짐한 영화를 아직 못 잊은 모양이었다.

"강창규라고, 변호사입니다."

"변호사? 변호사가 왜?"

"여기서 얘기해도 되는 걸로 알겠습니다."

"잡설 그만하고 용건이나 얘기해. 사람 왜 찾는 거야?"

"채병승 씨가 한국 카지노 사업에서 손을 떼기로 했습니다."

"그래서?"

"지난번에 받으신 물건을 돌려주셨으면 해서요."

"물건?"

"청화백자와 불상 하나, 그리고 그림을 받으셨지 않습니까?"

　이미 리딩을 끝낸 창규가 정곡을 찔렀다. 문재엽은 의심이 많은 사람. 그걸 받아간 후에 몇 번이고 확인을 했다. 가격은 얼마일까? 그가 알고 싶은 건 그것이었다. 그래서 감정까지 예약하고 있었다. 물론 정식 루트의 감정은 아니었다.

"무슨 말을 하는 건가?"

"기억이 안 나시면 다른 기억을 깨워 드릴까요?"

"다른 거?"

"제가 몇 가지 제보 정보를 가지고 있는데 굵직한 것만 말씀드리겠습니다. 지난해에 윤여도 회장님 만났죠?"

"윤여도?"

"40억을 받았을 겁니다."

"……!"

"놀라실 거 없습니다. 해광에서도 유촌에서도, 심지어는 해외 공연 기획 업체와 호텔, 카지노 관련 업체에서도 각각 6억, 3억, 3억, 그리고 12억……."

"이, 이봐!"

놀란 문재엽이 창규 입을 틀어막았다.

"밖에서, 밖에서 얘기하자고."

문재엽이 창규를 밀었다. 창규는 대충 밀려주었다.

"당신 정체가 뭐야? 국정원이야?"

옥상으로 올라온 문재엽이 삿대질로 물었다.

"홍콩에 본부를 둔 국제 시민 단체에서 받은 자료입니다. 거기 빌딩도 하나 사두셨죠? 중국계 2세가 소유하고 있던 것.

침사추이의 5층 쇼핑 빌딩이군요."

"……!"

"그 친구가 사실 확인을 하려는 거 제가 말려두었습니다. 한국 정치인들에 대한 자료는 카더라 통신이 많아서 믿을 게 못 된다고."

"……."

"솔직히 검찰에 제보하면 거기서 알아서 하겠지만 장관까지 하신 분이 그럴 리가 있겠습니까?"

"그, 그렇지. 그런 건 다 모함이야."

문재엽이 식은땀을 쏟으며 맞장구를 쳤다.

"하지만 채병승 씨에게 골동품을 받은 건 사실이더군요."

"……!"

"아닙니까?"

"그러고 보니 당신이 헤븐 사우전드 카지노 건을 제자리로 돌려놓은?"

"맞습니다."

"……."

"죄송하지만 그 골동품 제게 맡겨주시겠습니까?"

"그걸 왜? 그냥 모조품에 불과한데……."

"제가 전문가를 압니다. 채병승 씨가 가져온 거라면 출처가 의심스러울 수 있더군요. 감정을 해서 모조품이면 돌려 드리

고 만약 문화재급이라면 국가에 기증하는 게 맞다고 봅니다
만."

"……."

"장관까지 하신 분이니 거절하지 않겠지요. 보관증은 제가
써드리고 차후 절차까지 보고드리겠습니다."

"끄응!"

문재엽 입에서 신음이 새어나왔다. 창규의 승리였다. 회수
한 골동품은 장혜교에게 감정을 부탁했다. 그 결과 진품 판정
이 나왔다. 김태열이 준 청자죽순형 주자도 마찬가지였다.

정성껏 챙겨 문화재청에 기증을 했다. 백자경 회장에게 들
어갔던 밀수품이 흘러나온 것 같았다.

아버지의 손길이 닿은 거라 그럴까? 자식으로서의 작은 도
리라도 한 것 같아 뿌듯했다. 심장병 어린이를 돕는 것과도
다른 감회였다.

그날 밤, 창규는 사무실에 혼자 남았다.

톡!

경건한 마음으로 불을 껐다. 40번째 수임 완료. 지옥의 끝
에서 만났던 혼귀국과의 전속 계약. 그렇게 기사회생한 창규.
이제는 전과 다른, 그 누구도 함부로 보지 못하는 승소머신이
되어 두둑을 불었다.

후웅두우웅.

소리를 타고 한기가 다가왔다. 다른 날보다 오싹한 느낌이었다.

"……!"

몰입하던 창규가 소리를 멈췄다. 목 때문이었다. 목에 뭔가가 걸린 것이다. 고개를 숙여보니 새의 해골이었다. 하지만 이내 모양과 빛깔이 바뀌었다. 새 해골이 아니라 저승화로 불리는 석산화였다.

"혼귀왕님?"

창규가 고개를 들었다. 두 혼귀왕은 코앞에 강림해 있었다.

"왜? 이제 우리 안 봐서 속이 다 시원할 텐데……."

몽달천황이 말했다.

"아닙니다. 그럴 리가요."

"진심인가?"

"그럼요. 제 평생 두 분을 잊지 않을 겁니다. 제게 인생 역전의 기회도 주셨고 덕분에 제 아내도 건강을 되찾았지 않습니까?"

"뭐 그렇게 생각하면 다행이고……."

"약속은 지키시는 거죠?"

"쌍식귀 말인가?"

"예."

"솔직히 우릴 속인 걸 생각하면 데려가고 싶지만 40번의 破

만으로도 우리 혼귀국에 열광을 안겨주었으니……."

"의도하고 속인 건 아니지만 유감스럽게 생각합니다."

"됐네. 덕분에 사랑이 뭔지도 모르고 부비부비하는 천박한 인간들에게도 경종이 되었을 것이고……."

"이해해 주시니 감사합니다."

"한세상 잘 누리다 오시게나. 사람이든 귀신이든 헤어질 거라면 빨리 헤어지는 게 상책이지."

두 혼귀는 기이한 노랫소리와 함께 사라졌다. 창규는 그들을 향해 정성껏 인사를 올렸다. 얼마가 지나자 한기가 사라졌다. 창규가 고개를 들었다. 혼귀들의 느낌은 어디에도 없었다.

─해방.

─구속에서의 탈출.

그 꿈이 현실이 되었다. 창규의 피가 끓기 시작했다. 혼귀 왕들의 옵션이 풀렸으니 이제부터는 쌍식귀의 리딩 능력에 제한이 없을 일. 그렇다면 제한 없이 변론에 뛰어들 수 있었다.

복도로 나오자 발소리가 들려왔다. 경비 아저씨였다.

"이제 퇴근하세요?"

60줄의 그가 물었다.

"네."

가볍게 대답하면서 섭취물 리딩을 시도했다.

소주 한 잔에 도시락. 반찬은 두부조림과 미역줄기무침.

저녁 때 경비가 먹은 음식이었다.

소주는 물통에 담아두고 몰래 마시는 것. 교대하고 가는 다른 경비에게도 두 잔을 나눠준 저녁이었다. 그걸 읽던 창규가 시선을 세웠다. 물통 아래 바쳐둔 신문 때문이었다. 신문에 새겨진 국호 때문이었다.

아르메니아.

화보로 나온 산이 보였다. 아라라트 산이었다.

'아라라트……'

두둑의 고향이다. 그걸 주고 간 쥬쟌의 고국이다. 혼귀왕과의 의무 수임이 끝난 날, 이렇게 만나는 아라라트는 운명적으로 보였다.

편의점으로 나온 창규가 비타민 음료수 한 박스와 간식거리를 사들었다. 그걸 가져다 경비실에 놓았다.

"어이쿠, 뭐 이런 걸 다……"

경비의 눈이 휘둥그레졌다.

"피곤할 텐데 드시고 하세요."

한마디를 남기고 주차장으로 내려갔다. 어제보다 홀가분한 오늘.

'내일은 또 어떨까?'

창규는 족쇄 풀린 기분을 만끽하며 시동을 걸었다.

"승하야!"

창규가 두 팔을 벌렸다. 늦은 밤까지 버티고 있던 승하가 쪼르르 달려왔다.

"아빠!"

"우리 승하 아직 안 잤어?"

"응, 승하는 아빠 기다려."

쪽!

승하의 입술이 창규 입술에 사랑을 전했다. 창규는 옆에 선 순비에게 그 사랑을 전달해 주었다.

"이거 일부러 가져온 거예요?"

케이크와 함께 있던 신문을 본 순비가 물었다. 경비가 보던 신문이었다.

"응."

"그럼 잘 둘게요."

"아니, 이리 줘봐."

창규가 손을 내밀었다. 승하가 케이크를 먹는 동안 신문을 펼쳤다. 신성한 아라라트 산이 모습을 드러냈다.

"우리 여행 갈까?"

"여행요?"

순비가 고개를 들었다.

"당신 건강도 찾았고… 그동안 너무 고생만 했잖아."

"여보……."

"아빠, 여행 가자."

승하가 무릎을 파고 들며 말했다. 아이들은 무릎에 앉기를 좋아한다.

"공판 때문에 숨 쉴 새도 없는 사람이 무슨 여행이에요?"

"큰일은 대충 끝났어."

"골동품 건까지 잘된 거예요?"

"응. 문화재청에 기부했어."

"피곤할 텐데 당신이나 좀 쉬어요. 그러다 병날 거 같아요."

"나 혼자 쉬면 진짜 병나지."

창규가 순비 어깨를 당겼다.

"설마 여기 가려는 건 아니죠?"

순비가 사진을 보며 웃었다.

"설마 아니야. 오는 길에 예약도 끝냈는걸."

"진짜요?"

"와아아!"

순비 말이 끝나기도 전에 승하의 환성이 이어졌다.

"미안하지만 꼭 가보고 싶은 곳이야. 나를 다시 태어나게 한 산이거든."

"이 산이요? 아르메니아?"

순비는 황당한 표정이었다. 창규가 가본 적이 없는 나라 아르메니아. 그 정도는 알고 있는 순비였다.

"이제 고백인데… 당신 기억해? 내가 첫 승소를 한 소송."

"어머, 그러고 보니……."

"그래. 그 의뢰인이 외국인이었잖아? 그 형제들 나라가 아르메니아였고."

"어머머, 그렇게 되는 거예요?"

"그때 사건을 맡아달라고 왔던 쥬쟌이 이 두둑을 주고 갔어. 이게 아라라트 산에서 난 살구나무로 만든 거래. 그리고 기묘하게 나에게 용기를 줬고."

"여보……."

"그래서 꼭 한 번 가보고 싶어. 게다가 당신 건강도 좋아졌으니까 모처럼 신혼 기분도 좀 내면서……."

"와아!"

또 한 번 탄성을 올리는 승하.

"하지만 너무 멀잖아요? 다녀오려면 적어도 일주일은 걸릴 텐데……."

"당신 왜 이래? 당신 남편 이제 능력 있는 사람이야. 이번 마지막 소송으로 들어온 돈만 해도 수십 억이라고."

"마지막 소송요?"

"아니, 그건 그냥 의미상."

창규가 대충 둘러댔다.

"알았어요. 당신이 원한다면……."

"고마워."

"와아!"

승하가 또 소리를 질렀다. 창규는 두 여인(?)의 어깨를 당겨 한 품에 안았다. 가장으로서 남편으로서, 나아가 아빠로서 몹시 뿌듯한 순간이었다.

아르메니아.

원래는 루마니아라는 나라였다. 이후 국호를 바꾸어 아르메니아로 알려졌다. 위치는 터키에 가깝다. 아라라트 산도 현재는 터키에 속했다. 비행시간은 미얀마행보다도 길었다. 하지만 그때와 똑같이 지루하지 않았다. 비즈니스석이어서가 아니었다.

오늘 지금 이 순간.

걸신 스님을 찾아가던 그날에는 상상조차 하지 못하던 순간이었다. 연전연패의 패전머신 강창규. 어디 가서 변호사라는 명함 내밀기도 쪽팔리던 현실. 그 현실은 마침내 반전의 카드가 되어주었다. 그 매개체가 바로 두둑이었다.

기내식 후에 잠든 순비를 바라보며 창규는 두둑을 어루만졌다. 그 이후에 아르메니아로 돌아간 쥬쟌 형제들. 잘 있을까? 긴장의 연속인 소송과 달리 잠시 느긋해지는 창규였다.

부릉!

택시가 아라라트 산을 향해 달리기 시작했다.

"와아, 아빠 저것 좀 봐."

"아빠, 저기도."

바랜 색감의 풍경을 보며 승하가 소리쳤다. 택시 기사들은 영어를 거의 몰랐다. 그래도 상관없었다. 진짜 여행의 묘미는 바디 랭귀지와 눈빛이기 때문이었다.

산으로 가는 길에는 포도나무가 많았다. 노아는 방주가 뭍에 내린 후에 포도나무를 심었다고 한다. 종교에 별 관심도 없지만 두둑 덕분에 알게 되었다.

얼마나 달렸을까? 마침내 아라라트 산이 그 창대한 모습을 드러냈다. 흰 눈으로 아른거리는 산은 말레이시아의 키나발루나 탄자니아의 킬리만자로와도 닮아 보였다.

'쥬쟌……'

산이 가까워지자 가슴이 뛰기 시작했다. 공항에 내리기 무섭게 쥬쟌에게 전화를 건 창규였다. 처음에는 전화가 되지 않았다. 하지만 식사 후에 하니 연결이 되었다.

─변호사님!

그와 동생은 신이라도 만난 듯 환호했다. 그리고 약속했다. 아라라트 산에서 창규를 기다리고 있겠다고.

끼익!

포도나무 바다를 지나 택시가 멈췄다. 전망대가 최고라는 코르 비랍 앞이었다.

삐익!

바닥을 밟기 무섭게 경쾌한 휘파람 소리가 들렸다. 뒤를 돌아보자 두 청년이 손을 들어 보였다.

"변호사님!"

두 청년이 바람처럼 달려왔다. 창규는 그들 형제의 어깨를 끌어안았다.

"세상에나, 여기서 변호사님을 뵙다니요?"

쥬쟌이 반색을 했다. 이역만리에서 듣는 또렷한 한국말. 형제들만큼이나 반가운 언어였다. 둘이 창규를 이끌었다. 현지 식당이었다. 한국에서 돌아온 둘은 여기서 단출한 케밥 레스토랑을 열고 있었다.

"많이 드세요. 지상에서 가장 푸짐한 케밥입니다."

쥬쟌이 접시를 내려놓았다. 고기와 밥이 일자로 배열된 식사였다. 양고기 맛이 기가 막혔다.

"코르 비랍 안내는 제가 맡겠습니다."

동생이 가이드를 자처하고 나섰다. 포인트를 구경한 후에 지하로 내려갔다.

"영웅 그레고르 장군이 갇혔던 곳입니다."

지하 감옥 앞에서 동생이 말했다. 장군은 여기에 14년이나 유배되었다. 격노한 그들의 왕은 맹독성 뱀과 전갈을 풀어놓았다.

　―여기서 죽어라.

　―하지만 내 책임은 아니다.

　―뱀이나 전갈에 물려 죽은 걸 어쩌라고?

　왕의 속셈이었다. 그러나 그레고르 장군은 살았다. 14년 후에 그 사실을 알게 된 왕, 결국 그가 믿던 기독교를 국교로 승인하고 말았다.

　지난한 고난의 시간을 지나 햇빛을 본 그레고르 장군은 어쩌면 창규와 닮은꼴이기도 했다. 죽음의 고난을 뛰어넘어 마침내 영광을 안은 것이다.

　전망대에서 바라본 아라라트 산은 과연 어머니의 산으로 불릴 만했다.

　후우웅두웅!

　창규가 두둑을 꺼냈다. 산을 바라보며 숭고하게 불었다. 소리가 좋았다. 소리를 따라 혼귀왕들, 첫 소송이 된 홍태희 부부, 마지막을 장식한 채병승 건까지 파노라마를 이루며 흘러갔다. 그것들은 홍수였다. 창규에게 내린 대홍수. 그리고 이제 홍수는 끝났다. 두둑 소리는 대지에 내리는 노아의 방주처럼 산뜻하게 마무리를 장식했다.

　"와아아!"

　짝짝짝!

박수 소리가 주변을 메웠다. 놀라 돌아보니 현지인들과 관광객들이었다. 그들이 두둑 소리에 매료되어 박수와 환호를 날려준 것이다.

"아빠, 최고."

어깨가 으쓱해진 승하가 엄지를 세워주었다. 창규는 관객들을 향해 정중한 인사를 올렸다.

아르메니아.

아라라트 산.

그리고 두둑…….

창규를 다시 태어나게 한 이름들. 창규는 어머니의 산을 바라보며 산과 하나가 되었다. 그 신성함이, 저 위대함이, 혈관을 데우는 경건함이 되어 짜릿하게 녹아들었다.

노아.

대홍수 뒤에 내려 포도나무를 심은 그…….

창규는 아라라트의 신성을 바라보며 다짐을 했다. 창규 역시 포도나무를 심겠다고. 명변론이라는 포도나무를. 그리하여 더 많은 사람에게 왜곡된 법의 억울함을 어루만져 주겠다고.

그날 밤, 창규와 순비는 아라라트의 포도로 만든 포도주로 건배를 했다. 승하는 포도 주스를 들고 동참했다.

창!

잔 부딪치는 소리가 너무나 청아했다.

"아빠!"

승하가 비행기 창턱에 매달린 채 말했다. 창 너머로 아스라한 아라라트 산이 보였다. 이제 돌아가는 길이었다. 공항까지 배웅 나온 형제에게 창규는 봉투 하나를 건넸다. 쥬쟌의 와이프를 위한 선물이었다. 원래 그녀의 치료비를 벌기 위해 한국으로 왔던 형제들. 분투했지만 아직 완치를 보지 못한 모양이었다. 그들을 위한 마지막 수술비였다.

"고맙습니다. 지난번에는 제 동생을, 이번에는 제 아내를……"

쥬쟌의 눈이 격하게 출렁거렸다. 창규는 한마디로 쥬쟌의 입을 막았다.

"모르나 본데 실은 쥬쟌도 나를 살렸어."

쥬쟌.

그 말뜻을 알까? 안으로 한없이 깊은 쥬쟌의 눈. 다른 건 몰라도 그 눈만은 창규 마음을 알 것 같았다. 아라라트 산이 멀어졌다. 홍수 뒤의 새 세상. 그 2막을 향해 창규는 기꺼이 뛰어들었다. 지하 감옥을 나와 새 세상을 연 그레고리 장군처럼.

"다들 잘 쉬고 오셨나요?"

회의실의 창규가 멤버들을 돌아보았다. 모두에게 꿀맛 같은 일주일의 휴가였다. 토요일, 일요일을 붙였으니 9일을 쉬고 온 멤버들이었다. 물론 보너스도 챙겨주었다. 일범을 제외한 멤버들에게 각 300만 원. 풍족하지는 않지만 웬만한 나라는 다 돌아볼 수 있는 금액이었다.

일범은 특별히 조금 더 넣었다. 창규가 바쁠 때 사무실을 지켜준 데 대한 보답이었다. 어느새 능력자 반열에 오른 일범은 이제 창규의 한쪽 날개로 손색이 없었다.

"변호사님!"

미혜가 뭔가를 꺼내놓았다. 상길도 동참했다. 그 위로 사무장과 일범의 '뭔가'도 겹쳐졌다.

"여행 갔다가 기념품 하나씩 샀어요."

사무장이 대표로 말했다. 마음을 담은 작은 선물. 넷을 미리 입을 맞췄다. 해외에서 3달러 이내의 돈으로 가장 의미 있는 선물 사오기. 부담도 되지 않고 의미도 깊었다. 스타노모의 케미는 이토록 막강했다.

"음, 제가 오늘 중대 선언을 하려고요."

선물을 챙긴 창규가 자리에서 일어섰다. 창가로 걸어가 창틀에 기대 입을 열었다.

"여러분도 잘 아시겠지만……."

운을 떼자 멤버들이 긴장하기 시작했다. 예측 불허의 능력자 창규였다. 어떤 때는, 도무지 말도 안 될 것 같은 소송을, 레벨이 한참 기우는 상대를 만나서도 거침없이 승소를 이끌어 내는 사람. 그러면서도 종종 따뜻한 변론을 섞어 의뢰인들에게 꺼진 희망을 피워주는…….

일주일의 휴가가 선언될 때 사무장은 알았다.

'변화다.'

그녀의 촉은 틀리지 않았다. 이른 아침, 창규는 일착으로 사무실에 나와 있었다.

사무장도 한 시간이나 일찍 나왔지만 그보다 늦었다. 창규는 백자를 바라보고 있었다.

뭔가에 집중할 때 보이는 습관. 사무장은 중대 선언이 나올 것을 예상하고 있었다.

멤버들 하나하나를 돌아본 창규가 말을 이었다.

"그동안 너무 정신이 없었습니다. 한마디로 좌충우돌이었죠. 하지만 채병승 이혼 건과 카지노 건을 끝으로 그런 분위기와 작별을 할까 합니다."

꿀꺽!

미혜 목으로 마른침이 넘어갔다. 소리를 내지 않으려 했지만 소용이 없었다.

"그러니까 인간 강창규는 그때까지 지향 없이 일했습니다. 그저 맡겨진 소송에 최선을 다한다는… 아니, 목숨을 거는 비장미 같은 거로 말입니다."

"……"

"그래서 수임에도 여러 제약을 했고 선택의 폭도 좁았던 게 사실입니다. 그 통에 많은 소송을 거절하느라 권 변과 사무장님 등이 생고생을 했지요."

창규가 바라보자 사무장이 어깨를 으쓱해 보였다. 전혀 그렇지 않다는 사인이었다.

"그러니까 오늘부터, 외부의 제보를 중심으로 이루어지던 업무 성향을 바꿀 생각입니다. 외부의 제보야 물론 계속 활용하겠지만 수임 제약을 두지 않겠다는 겁니다."

"……"

"단언컨대 오늘부터는 수임의 제약 파괴를 선언합니다. 우리의 도움이 필요한 건이라면, 그것이 사회적 비난과 지탄을 받는 쪽이 아니라면 무엇이건 수임 가능하다는 것입니다."

"……"

"이상입니다."

창규가 말을 맺었다. 그러자 바로 일범의 손이 올라왔다.

"권 변, 말해봐."

"그렇다면 말입니다, 선배님."

일범이 슬쩍 엉덩이를 들었다. 그러고는 만지작거리던 서류 뭉치를 밀어놓았다.

"이 건들을 해결해 주시기를 바랍니다."

"뭐지?"

"그동안 선배님이 너무 바쁘시니 입도 벙긋하지 못한 건들인데……."

일범의 눈이 사무장을 바라보았다.

"이태원 호프집 여대생 살인사건 피해자 가족의 가해자 부모 상대 손해배상 건과 사망 작곡가 친자 확인 소송 등입니다."

사무장이 협공에 동참했다.

"오케이!"

창규는 단칼에 협공을 수용했다.

"정말요?"

일범이 놀라 되물었다.

"너무 쉽게 대답했나? 우선순위는 어떻게 정했어?"

"진짜 하시는 겁니까?"

"그렇다니까."

"그럼 이태원 여대생 살인사건 손해배상소가 영순위고요, 그다음이 작곡가 친자 확인 소송입니다."

"사무장님은요?"

창규가 사무장을 바라보았다.

"절대 공감이죠."

"이 건에 대한 공판과 수사 기록은 상당 확보되어 있겠죠?"

"절대 당연하죠."

"그럼 바로 시작하세요. 여대생 부모님 계시면 모시고요."

창규의 전격 지시가 떨어졌다.

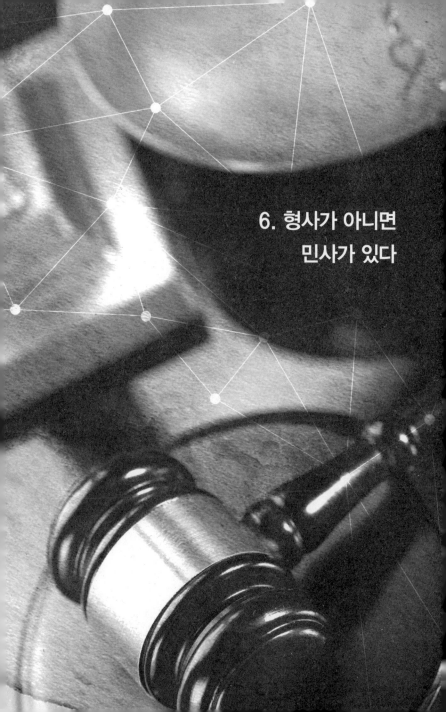

6. 형사가 아니면
민사가 있다

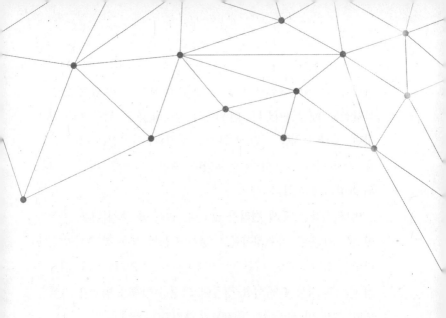

이태원 호프집 화장실 여대생 살인사건.

범인은 미국인 청년이었다. 그의 부친은 미국인 사업가. 한국에 현지법인이 있어 한국에서 살았다. 범인 역시 미국에서 대학을 마치고 한국으로 나왔다. 몇몇 직장에 다녔지만 범행당시는 무직인 상태. 역시 친구 둘을 만나 주점에서 술을 마시다 벌인 참극이었다.

피살자 서 양은 간호대학에 재학 중이었다. 그녀 역시 과 친구들과 만났다가 귀가가 늦었다. 이런저런 이야기를 하다 보니 자정을 조금 넘긴 것이다.

사건 장소는 주점과 커피 전문점, 노래방 등이 함께 있는 복합건물 화장실이었다. 친구들이 떠나고 혼자 남은 미국인 청년, 자정이 지난 시간에 화장실로 갔다. 화장실은 남녀 공용. 앞서 들어가는 서 양을 보았다. 주변을 돌아본 청년이 그 뒤를 따라 들어갔다.

범행 시간은 오래 걸리지 않았다. 10여 분 후에 나온 미국인 청년의 손은 피투성이였고, 상의에 슬쩍 감춘 건 흉기였다. 미국인 청년 피터는 다음 날 저녁, 자택에서 검거되었다. 건물의 CCTV 영상을 분석한 경찰이 그걸 보여주자 범행을 자백했다. 그의 방 서랍에서 증거물인 흉기도 나왔다.

수사는 일사천리로 나가는 것 같았다. 하지만 브레이크가 제대로 걸렸다. 피터의 부모가 그의 정신병을 언급하고 나온 것이다. 그들은 과거 미국에서 받은 치료 전력을 제시했다. 병명은 피해망상 조현병. 한때 정신분열증이라 불리던 그 병이었다.

"우리 아들은 무죄요."

아버지의 주장은 그랬다. 정신병자의 범행은 불가항력이니 불구속 수사를 주장한 것이다. 영장 실질 심사가 열렸다. 구속영장은 유효하게 집행되었다.

기선 제압에 실패한 피터의 아버지가 쟁쟁한 변호사를 붙였다. 수사기관 역시 프로파일러들을 붙여 면밀한 수사에 임했다. 피해자 가족은 이내 고개를 젓고 말았다. 프로파일러들이 내놓은 결과 역시 피해망상 조현병이었다.

서 양의 가족들은 망연자실했다. 자칫하면 범인이 풀려날 판이었다. 거기서 범인은 유가족의 가슴에 또 한 번 불을 질렀다. 현장검증이었다. 형사대에 이끌려온 피해자는 의료진의 과보호(?)까지 받았다. 피터의 부친이 제시한 조현병의 심각성이 수용된 게 이유였다. 범인은 현장검증을 건성건성 넘겼다. 화장실 현장 재연에서는 입가에 미소까지 머금었다.

"야, 이 새끼야. 웃어? 사람을 죽이고도 웃어?"

피해자 부친이 폭발했다.

"아이고, 무슨 놈의 법이 이런 게 다 있대요? 우리 손녀는 억울하게 죽었는데 멀쩡한 범인을 저렇게 싸고돌고 있다니. 야, 이놈들아. 니들이 어느 나라 경찰들이냐? 미국 놈 경찰이냐 한국 경찰이냐?"

서 양 사망 전날까지 한 방을 쓰던 조모는 기절하고 말았다. 범인과 그의 부친은 유유히 후송차에 탑승한 채 멀어졌다.

이런 분위기는 법정에서도 다르지 않았다. 피터의 부친이 내세운 변호인단은 세 명. 당시 형사사건에서 기치를 올리던 거물들이었다. 그들은 일관되게 범인의 정신병력을 주장했고 당장 입원 치료를 받아야 한다는 점을 강조했다. 검찰 측의 반론은 먹히지 않았다. 범행 두 달 전까지도 무난하게 직장 생활을 한 점을 상기시키며 분전했지만 역부족이었다.

범인은 여기서도 웃었다. 검찰 측의 추궁이 있자 건성으로 'I'm sorry'를 외친 것. 그 말은 거의 개그처럼 들렸다.

"야, 이 개자식아!"

방청석에 앉았던 서 양의 작은 아버지가 항변했지만 돌아온 건 퇴정 명령뿐이었다. 1심 결심공판, 검찰은 범인에게 무기징역을 구형했다. 그에 반해 변호인단은 여전히 무죄를 주장했다.

마침내 선고가 떨어졌다.

"피고 피터……."

재판장이 좌중을 바라보자 법정은 완벽한 침묵으로 휩싸였다. 그 침묵을 뚫고 재판장의 한마디가 공간을 채웠다.

"무죄!"

"우어어!"

피해자 유족은 광분했지만 이번에도 피터는, 변호인단의 호위(?)를 받으며 유유히 법정을 나갔다. 뿐만 아니라 구속까지도 해제되는 자유의 몸이 되었다.

"개 같은 재판부!"

유족의 분노는 공허한 메아리에 불과했다.

검찰이 항소했다. 2심도 달라지지 않았다. 재판부는 바뀌었지만 그들 역시 변호인단이 제출한 정신병력 치료 기록과 의사들의 진단 결과, 프로파일러들의 의견을 수용했다.

"무죄!"

절망한 유족들은 상고를 포기했다. 썩은 사법부에게 기대할 게 없으며 반복되는 절망으로 가족들이 압사 직전까지 몰린 까닭이었다.

당시 유족들의 분노는 범인의 행동 때문이었다. 유족들도 나름 그의 주변을 탐문했다. 돌아온 대답은 한결같았다.

"그런 건 별로 느끼지 못했어요."

"정신병이라뇨? 그놈만큼 똑똑한 사람도 없어요."

"쇼입니다. 요즘 살면서 신경정신과 한두 번 안 가는 사람이 어디 있어요?"

그 대답이 유족을 더 뒤집어놓았다. 때로는 녹음까지 해서 검찰에 제출했지만 소용이 없었다. 피터를 아는 사람들의 증언이 의료 기록이나 의사들의 진단을 엎을 수 없는 까닭이었다.

커다란 내상을 입고 살아가던 그들이 창규의 기사를 본 건 최근이었다. 석계수와 주무학의 재심사건. 혹시나 싶은 기대를 걸고 스타노모의 문을 두드렸던 것이다.

'으음……'

일범이 정리한 사건 개요를 본 창규, 두 손 깍지를 끼고 생각에 잠겼다. 사건 이후 피터는 미국으로 가버렸다. 한국에 남은 건 그의 부모들. 사건 역시 고법에서 끝난 상황. 당시 법원에 제출된 진단서와 치료 기록, 프로파일러들의 진술은 일치하고 있었다.

'중증 조현병.'

판사는 그 손을 들어주었다. 느닷없이 목숨을 잃은 간호대여대생. 청천벽력의 일이지만 법리가 그랬다. 법이 범인을 처벌하는 건 정상적인 판단 능력을 갖춘 사람이 자기 의지로 죄를 지었을 때의 경우다. 달리 말하면 어린아이나 정신 질환자 등의 행위는 형사처벌 대상으로 삼지 못하는 것. 변호인들은 그 점을 공략한 것이다.

똑똑!

노크 소리가 들렸다. 그리고 두 사람이 들어섰다. 피해자 서 양의 아버지 서일석과 조모 김분례 할머니였다.

"강창규 대표 변호사님이십니다."

사무장이 창규를 소개했다. 두 사람은 창규를 향해 예의를 갖추었다.

"아휴!"

착석한 김분례는 눈물부터 쏟았다. 그녀의 손에는 서 양의 사진이 들려 있었다. 방에서 할머니와 함께 찍은 셀카였다.

"좀 볼 수 있을까요?"

창규가 물었다. 할머니는 군말 없이 사진을 내주었다.

서 양······.

꽃다운 21살 나이다. 아니, 꽃보다 더 아름다운 모습이다. 날짜를 보니 사건 3일 전이었다. 며칠 후면 질 것을 알고 이토록 아름다웠던 건가? 콧등이 시큰해져 사진을 돌려주었다.

"변호사님, 솔직히 어려운 거 압니다. 하지만 마지막 희망으로 찾아왔습니다."

아버지가 말문을 열었다. 졸지에 딸을 잃은 부친. 그 어깨는 시간이 지난 후에도 고단해 보였다.

"희망을 말씀해 보시죠."

사무장과 나란히 앉은 창규가 물었다.

"당연히 피터라는 놈의 처벌이죠. 100년, 아니 이제는 단 1년이라도 감옥에 처넣을 수 있다면 원이 없겠습니다."

"맞아요. 그놈 좀 처벌해 주세요. 그놈은 정신병자가 아니에요. 오히려 우리가 정신병자가 될 판이라고요."

할머니도 가세했다.

"다들 안 된다고 합니다. 이게 법치국가입니까? 누구든 사람을 죽이고 나 정신병 치료 받았다 하면 다 끝나는 겁니까?"

"······."

"이건 아닙니다. 국가가 우리에게 해준 건 범죄피해 구조금 7천만 원이 전부입니다. 우린 돈 필요 없어요. 내가 7천만 원내놓을 테니 우리 딸 살려만 달라 이겁니다."

"……"

"부탁합니다. 간을 꺼내놓으라면 꺼내고, 신장을 빼라면 빼겠습니다. 우리 딸이요, 정말 착한 아이였어요. 간호사가 되면 아프리카 간호 봉사를 나가 가난한 후진국 사람들을 위해 평생을 바치겠다고 노래를 하던 아이라고요. 고등학교 때부터 제 용돈 아껴서 시에라리온과 우간다에 2만 원씩 기부도 하던 아이가 그 애라고요."

"……!"

심장 어딘가에 아릿한 느낌이 왔다. 하늘의 취향인 건가? 일찍 진 꽃들은 사연도 애절하다. 이럴 때면 법의 한계를 느낀다. 입장을 바꿔보면 명백해진다.

만약!

만약 피터가 진짜 중증 정신 질환자라면… 그래서 자기 의지를 실현할 수 없는 심신상실이라면… 그런 사람이 실수로 사고를 냈다고 해서 처벌받는다면… 그 부모들 가슴이 찢어질 일이다.

하지만 지금 이런 경우라면… 대체 정신 질환의 한계를 어디까지 정해야 하는지… 거기에 대한 국민적 동의는 정확한 것인지…….

"아버님!"

창규가 눈빛을 세웠다. 감정을 내려놓고 황태승 교수를 생각했다. 변호인은 냉철해야 한다. 상담자의 말을 듣고 함께 흥분해 희망 고문을 해대는 건 최악이다. 또 한 사람의 판사가 되어 냉정한 제언을 해야 하는 것이다.

"부탁합니다."

"방금 전, 따님께서 아프리카 간호 봉사를 하고 싶다고 했었죠?"

"네."

"말씀하시는 걸 보니 그냥 하는 말은 아닌 것 같군요. 혹시 따님이 아프리카에 다녀왔나요?"

"내전이 벌어지는 시에라리온에 갔었어요. 지난여름 방학 두 달 동안. 부모로서는 그런 험한 고생시키고 싶지 않지만 지금 생각하면 얼마나 대견한 일이었는지요."

"동의합니다."

"우욱."

"그래서 말인데… 이렇게 가시는 게 어떨까요?"

"어떻게 말입니까?"

"솔직히 재심 청구는 어렵습니다. 설령 재판부에서 받아들인다고 해도 승소하기 어렵습니다."

"안 된다는 말입니까? 변호사님 같은 사람도?"

"안 되는 건 안 되는 겁니다."

"……."

"대신 다른 방법이 있습니다."

"다른 방법?"

"따님의 꿈을 이루어주는 방법 말입니다. 한번 해보시겠습니까?"

"우리 딸의 꿈을 이루어요?"

"범인 피터에 대한 처벌은 어렵지만 다른 길이 있습니다."

"……?"

"피터가 왜 석방이 되었습니까?"

"그야 조현병인지 뭔지……."

"그걸 주장한 사람이 누굽니까?"

"그의 부모?"

"바로 그겁니다. 그의 부모가 피터의 정신 질환을 내세워 무죄를 받아갔지요. 그 말은 달리 해석하면 그 부모들이 정신 질환을 가진 피터를 관리해야 할 의무가 크다는 겁니다. 그러니까 우리는 피터의 부모님을 상대로 손해배상 청구를 하는 겁니다."

"손해배상 청구요? 그건 이미 나라에서……."

"그건 범죄 피해 구조금이지 손해배상이 아닙니다. 아버님은 피터의 부모를 상대로 손해배상을 청구할 수 있습니다. 승소하면 그 돈을 일부라도 아프리카에 기부해서 따님의 뜻을 기릴 수 있지 않을까요?"

"……!"

아버지의 눈에 불이 들어오는 게 보였다. 창규의 의견이 나쁘지 않은 모양이었다.

"가능합니까?"

"당연히 가능합니다."

창규가 잘라 말했다.

"그럼 대체 얼마나……?"

"제가 대략 뽑기로는 약 30억 정도 청구가 가능합니다. 이 중 70~80%정도 인정이 된다고 해도 20억 이상은 가능하지요."

"20억이라고요?"

"아버님에게 중요한 건 따님이고, 범인의 처벌이지만 현행법으로는 뒤집기 곤란합니다. 대신 그 부모의 죄값을 물어 배상금을 받아낸다면, 그걸로 아프리카를 돕는다면, 따님의 혼도 위로를 얻지 않을런지요."

"정말 그게 가능합니까?"

서일석이 다시 물었다.

"간단히 말해서 근거는 이렇습니다. 우선 가해자 측의 책임 유무를 따지자면 가해자 자신은 심신상실자로 범죄 처벌을 면했습니다. 그렇다면 그 심신상실자의 행위에 대한 책임을 부모나 친권자에게 지울 수 있습니다. 가해자의 아버지께서 꽤 큰 사업가라니 경제적 능력도 충분하지요."

"……."

"두 번째는 따님인데, 학교 성적이 좋았더군요. 그 성적이라면 대학부속병원 입사가 어렵지 않았을 것 같습니다. 그렇게 해서 그 병원 간호사 정년인 60세까지 근무한다고 가정하면 약 35년의 통상 임금에 유가족의 정신적 육체적 충격 위자료 10억을 덧붙여 30억이라는 계산이 나옵니다."

"……."

"물론 장담은 못 합니다. 하지만 최선을 다해 밀어볼 테니 함께 싸워보시겠습니까?"

"변호사님……."

"제 생각에는 이게 가장 좋은 대안이라고 봅니다만."

"하겠습니다. 돈보다도 그놈들에게 엿을 먹이고 싶고, 또 변호사님 말처럼 돈을 받으면 딸이 하고 싶던 일에 쓰면 되니까요."

"잘 생각하셨습니다. 수임료와 제반 서류 준비 등의 절차는 저희 사무장과 상의하시면 됩니다."

"아이고, 고마워요."

일어서는 창규의 손을 할머니가 잡았다. 창규는 꾸벅 인사를 하고 회의실을 나왔다. 문 밖에서 지켜보던 일범이 엄지를 세워주었다. 그 역시 밖에서 듣고 있었던 모양이었다.

유가족들은 돌아가고 사무장은 법원으로 뛰었다. 잊혀져 가던 비극, 이태원 화장실 살인사건이 다시 수면 위로 떠오른 날이었다.

"소송이 접수되었습니다."

며칠 후 서일석을 만났을 때 창규는 접수증부터 내밀었다. 접수증의 사건 번호는 '가합 민사' 뒤에 붙어 있었다.

"법원의 서류는 암호 같은 게 많아서……."

서일석이 한숨을 쉬었다.

"간단하게 표기하기 위해 약어를 쓰기 때문이죠. 이런 민 사소송은 다투는 금액이 소액일 때는 '가소'이고 중간 금액 정도일 때 '가단', 고액일 때는 '가합'라는 말을 씁니다. 여기 서 '가'는 민사 1심을 뜻하죠. '나'가 나오면 2심이고 '다'가 나 오면 3심입니다. 참고로 형사사건일 때는 가나다 대신 '고노 도'로 표기하고요 '단'은 단독심리사건, '합'은 합의심리사건을 뜻합니다."

창규가 설명을 덧붙였다.

"그렇군요."

"사무장이 말씀드린 서류들은요?"

"전부 준비했습니다."

"사진은요."

"말씀하신 주제대로 골라서 가져왔습니다. 다행히 그 녀석이 사진을 꽤 찍어두어서……"

서일석의 눈동자에 또 선명한 핏발이 곤두섰다. 피해자는 이래서 힘들다. 소송을 하는 것도 큰마음을 먹어야 하는 것이다.

"수고하셨습니다."

"이건 얼마나 걸릴까요?"

"다른 건 몰라도 공판 일정만은 최대한 당겨달라고 재판부에 건의를 했습니다. 피해자 유족들에 대한 배려차 요청했으니 기대하고 계십시오."

"이거……"

서일석이 주저주저 뭔가를 꺼내놓았다. 김밥이었다.

"노모께서 아침부터 말아놓은 겁니다. 변호사님 드리라고… 변호사님은 이런 거 잘 안 먹을 거라고 말씀드렸는데도 우리 딸이 좋아하던 거라고 굳이 차에 실어주셔서서……"

"……"

"한번 맛이나 보시고 마음에 들지 않으시면 그냥 버리십시오. 노모 정성이라 마다하기도 뭣해서 가져온 것이니……"

"어디 볼까요?"

창규가 김밥 한 줄을 덥석 집었다. 그리고 한 입을 물어뜯었다.

"와아, 맛이 좋은데요? 안에서 상큼하게 씹히는 게 뭐죠?"

"김치일 겁니다. 저희 노모께서 김치 하나는 기가 막히게 담그거든요."

서일석이 웃었다. 그사이에 사무장도 한 줄을 집어 들었다.

아삭!

김치 줄거리 씹히는 소리가 합창을 했다. 사무장도 서일석을 향해 엄지를 세워 보였다.

"끝내주는데요?"

"고맙습니다. 노모께서 좋아하실 거 같습니다."

서일석은 인사를 남기고 돌아갔다. 사무장은 남은 김밥을 멤버들에게 돌렸다.

"우와!"

"어머, 이거 진짜 집 김밥 맞아요?"

"이야, 이거 내가 일본에서 최고로 맛나게 먹은 에키벤보다도 서너 배는 맛난 거 같네?"

상길과 미혜, 일범도 한 목소리로 찬양을 했다.

아삭!

김밥 안에서 터지는 소리를 들으며 창규는 서류 검토에 들어갔다. 창규가 요청한 자료는 서 양의 학교 성적표와 건강진단서였다. 성적은 초등학교부터 쫙 뽑았고 진단서 역시 모조리 챙겼다. 결과는 만족스러웠다. 서 양의 성적은 초등학교부터 상위권이었고 중2 때는 전교 2등까지 기록했다. 대학에서도 1학년과 2학년 1학기 때까지 평균 평점 4.5 만점에 4.17을 찍었다.

부록으로 챙겨온 상장도 느낌이 좋았다. 선행상과 봉사상, 자기주도학습상, 리더상들. 사실 이들 중 어떤 것들은 학교 측이 남발하는 측면도 있다. 그렇다고 해도 누구나 탈 수 있는 건 아니다. 그러니 이번 소송에서 적절한 감초가 될 수도 있었다.

마지막은 건강진단서였다. 서 양의 건강은 좋았다. 그 체육 성적이 증명이었다. 실기에서도 주로 A를 찍어놓은 것이다. 단점이라면 B형 간염 쪽이었는데 두 가지 결과가 있었다.

우선 초등학교 때. 그때는 항원양성이었다. 즉 B형 간염에 걸렸다는 얘기였다. 다음은 고1 때였는데 이때는 항원항체음성으로 나왔다. 통상 항원양성자라면 그 후의 과정은 그대로 보균자가 되거나 항체양성으로 변하는 게 정석. 그러나 일반 스크린 검사로는 정확하게 나오지 않을 수도 있었다.

창규는 불리한 자료를 쓰레기통에 버렸다. 자료라는 건 무작위로 쓰는 게 아니다. 유리한 것만 고르는 것도 변론의 한 전략이었다.

그건 사실 가해자 피터의 부모들이 먼저 써먹었다. 자신들에게 유리한 정신 질환만을 부각시켜 유리한 결과를 챙겨간 것이니 양심 가책을 받을 필요도 없었다.

성적과 건강!

이렇게 챙긴 자료는 완벽했지만 조금 더 수고를 했다. 그 자료는 상길이 책임을 졌다. 최근 5년간 치러진 간호사 국가고시 합격자들의 평균 평점을 구했다. 낙선자들의 학교 성적도 통계를 냈다. 학교성적이 좋다고 국가고시에 합격한다는 보장이 있는 것도, 그 반대라고 떨어진다는 보장이 있는 것도 아니지만 주장의 근거로는 손색이 없었다. 이어 상위 대학병원 다섯 곳의 최근 5년 합격자 대학 평점 통계도 보탰다.

이렇게 도출된 자료는 일범에게 넘어갔다. 그는 예전 신보라의 재판에서 힘이 된 정밀 통계 작업에 착수했다. 통계 전문가인 지인에게 의뢰해 프로야구 통계에 준해 가능성을 뽑아낸 것.

이 자료에 의하면 서 양은 국가고시에 합격하고, 상위 대학병원에 입사할 가능성은 무려 97.8%로 나왔다.

"오케이, 수고했어."

첫 조정을 3일 앞두고 전열을 완비한 창규, 일범과 상길에게 뜨거운 치사를 남겼다.

33억 5천만 원.

이제 이 청구액의 정당성을 입증할 판례가 필요했다.

남은 시간, 창규는 손해배상액 판례를 찾는데 올인했다. 한국의 판례는 만족스럽지 못했다. 판례의 범위를 '한국인'으로 넓혔다. 그랬더니 미국 쪽에서 굉장한 시그널들이 올라왔다. 역시 변호사의 나라 미국다웠다. 성추행 판례조차 무려 1,000억을 넘는 게 나온 것이다. 일범과 함께 밤을 새우며 자료를 모았다. 영국에서도, 프랑스에서도 쓸 만한 것들이 모였다.

간호사의 경우도 있었다. 꼭 같은 사례는 아니지만 배상액은 더 많았다. 한국의 법원은 외국 법원의 판례를 즐겨 수용하지는 않는다. 피고 측 변호인들도 유사한 성향이다. 그들은 분명 한국의 판례를 들어 실드를 칠 게 분명했다.

그러다 한국인 의사 판례를 찾아낸 일범이 환호를 질렀다.

"선배님, 이 판례 좀 보시죠."

그가 프린트물을 내밀었다.

"한국인 의사?"

"중요한 건 그게 아닙니다. 변호인을 보시죠."

"……!"

변호인 이름을 보던 창규 시선이 멈춰 버렸다. 창규는 재빨리 피고 측 변호인단의 명단 서류를 집어 들었다.

"……!"

창규 동공에 한 번 더 지진이 일었다.

"권 변!"

"선배님 변론 실력으로 잘 응용하면 괜찮은 아이템이 되지 않을까요?"

"오케이, 그럴 거 같아."

창규가 주먹을 쥐었다. 밤샘의 피로가 한 방에 가시는 쾌거였다.

"강 변호사님!"

"소송 어떻게 예상하십니까?"

"33억 5천만의 배상액은 좀 과하다는 의견이 우세하던데요?"

조정 당일, 창규의 차가 법원에 도착하자 기자들이 몰려들었다. 상길과 일범이 몸빵으로 기자들을 막아섰다.

"한 말씀만 해주십시오."

"자신 있는 겁니까?"

몇 걸음, 법원으로 다가선 창규가 현관문 앞에서 걸음을 멈췄다.

"기자 여러분!"

좌중을 돌아본 창규가 천천히 뒷말을 이었다.

"여러분은 어떻게 생각하십니까?"

"……!"

느닷없는 질문에 기자들은 황당한 표정을 지었다.

"33억 5천만 원이 많다는 말은 어디에서 나온 건가요?"

"……."

"저는 사실 330억을 청구하고 싶었습니다. 이 문제에 대한 주장은 상대방 변호인과 재판부 앞에서 밝힐 생각입니다."

다시 창규가 가던 길로 돌아섰다.

"강 변호사님!"

"무슨 뜻입니까? 330억 말입니다."

그들이 몸부림을 쳤지만 일범과 상길의 분투는 예상보다 틈이 없었다. 그들도 이제는 이골이 난 것이다.

"잘했어?"

원고 변호인석에 착석한 창규가 일범에게 속삭였다.

"지시대로 슬쩍 떨어뜨려 놓았습니다."

일범이 웃었다. 여기서의 지시는 외국의 판례들이었다. 한국의 법정에서는 33억 청구액이 화제가 되지만 미국에서는 껌도 안 되는 청구액. 그런 자료를 모은 A4 몇 장을 기자들과 실랑이 하는 틈에 슬쩍 떨어뜨려 준 것이다. 눈치 빠른 기자라면 그냥 넘어갈 리 없는 특종급 소스였다.

"기분 어때?"

피고 변호인석을 바라보며 창규가 물었다. 원고도 나오지 않았지만 피고 또한 자리에 보이지 않았다.

"왠지 오늘 바로 쟤들이 두 손 들 것 같은데요?"

"권 변이 비장의 무기라도 숨겨놨어?"

"선배님은 온몸이 비장의 무기 아닙니까?"

"내가?"

"차에서 보던 거 말입니다. 그 사진도 핵폭탄일 텐데요?"

"희망사항이지."

창규가 웃었다.

창규의 시선은 피고 측 변호인단을 꿰뚫고 있었다. 대표 변호사는 최광수다. 참 고마운 사람이었다. 그가 대표로 나와 결정권을 행사한다는 건. 그 이유는 창규만 알았다.

다음으로 두 명의 변호사가 더 포진하고 있었다. 한 사람은 변론을 담당하고 또 한 사람은 상황에 따른 자료 선택과 의견 제시 등의 역할 분담이었다.

"재판장님 입정하십니다. 모두 자리에서 일어나 주십시오."

법정 경위의 멘트와 함께 재판부가 입장했다. 마침내 전쟁의 시작이었다.

"원고 측, 새로 제출할 서류가 있습니까?"

재판장이 물었다.

"있습니다."

창규가 대답했다.

"그럼 제출하세요."

재판장이 손을 내밀자 창규가 일어섰다. 좌배석 판사에게 넘긴 건 사진 한 장이었다. 서 양의 생전 모습이었다. 지난 여름방학, 저 뜨거운 아프리카에서 꿈을 담금질하던 모습. 사진 속에서 서툰 나이팅게일 복장을 한 서 양 미소는 보람과 열정으로 가득했다.

"이게 뭡니까?"

"피해자의 해외 자원봉사 사진입니다."

"……?"

"잠시 관련 발언을 요청합니다."

"짧게 하세요."

재판장의 허락이 떨어졌다.

"실은 방금 법정에 입장하면서 기자들의 질문을 받았습니다. 피해자의 손해배상 청구액이 과다 측정된 거 아니냐는 의견이 있다는……."

"의견이 아니고 실제로 그렇습니다. 원고 측의 청구는 언론용으로 작성된 것이라 생각합니다."

상대방 변호사가 바로 태클을 걸었다.

"맞습니다. 제 청구는 잘못되었습니다."

창규가 응수했다.

"무슨 뜻입니까? 그럼 손해배상 청구액을 변경할 의사가 있다는 뜻입니까?"

재판장이 창규를 바라보았다.

"피고 측과 재판장님이 수락하신다면……."

"……?"

피고 측 변호인들이 창규를 쏘아보았다. 그 눈빛은 아주 흡족해 보였다. 비록 조종 법정이지만 상대가 허점을 드러내는 건 좋은 신호이기 때문이었다.

"사실 원고 측에서 애당초 신청하고 싶은 손해배상액은 330억이었습니다. 아니 어쩌면 3,300억이었는지도 모르겠습니다."

"피고 측은 지금 판결을 소녀적 감상놀이로 착각하고 있는 것 같습니다."

원고 측 변호사가 이의를 제기했다.

"감상이 아닙니다. 우리는 손해배상을 다투고 있지만 애당초 사람의 목숨이라는 것이 돈으로 평가할 수 있는 일입니까? 피고 측은 혹시 테레사 수녀를 알고 있습니까? 그런 숭고한 분들의 평생 봉사가, 그 가치가 돈으로 평가될 수 있는 부분입니까? 아니 만약 그와 유사한 사람이 있어 돈으로 평가해야 한다면 피고 측은 얼마를 책정할 생각입니까?"

창규의 변론이 불을 뿜었다. 가볍게 생각하고 튀었던 상대 변호사가 움찔거리는 게 보였다. 변론은 공격이다. 그렇다면 여기서 바짝 조여야 했다. 그걸 모를 창규가 아니었다.

7. 배상액이라 쓰고
꿈이라 읽는다

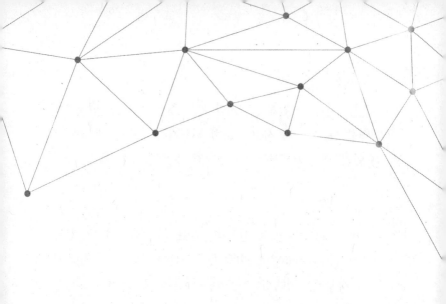

"대저 숭고한 인품이란 어릴 때부터 엿보인다고 했습니다. 우리는 그걸 일러 '싹수'라고 부릅니다. 그리고 피해자는 어릴 때부터 그 가능성을 보였습니다. 재판부에 제출한 봉사상과 선행상이 그 증거의 하나입니다. 피해자가 무사히 졸업해 해외에서 봉사한다면, 한국판 나이팅게일의 뜻을 아프리카에 심는다면 그 가치는 얼마입니까? 아프리카의 가난한 빈민들에게 심어줄 희망의 가치가 고작 33억입니까? 그 액수가 많다는 겁니까? 이 배상액을 돈으로 보지 말고 꿈으로 봐주시기 바랍니다."

"이봐요, 원고 측."

"이 건과 직접 관계는 없지만 피고 측 로펌… 재작년에 S대 의대를 다니다 교통사고를 당한 피해자의 소송을 대리한 적이 있더군요. 그때 청구액이 무려 63억이었습니다. 아닙니까?"

"……!"

콰앙.

벼락 하나가 피고 측 변호인단 대표 최광수의 뇌리를 강타했다. 여유를 부리던 그의 눈빛이 살짝 뒤틀린 것. 구멍가게 창규 사무실을 얕보고 있었지만 그건 아닌 것 같은 느낌을 받은 것이다. 최광수가 눈짓을 했다. 사인을 받은 변호사가 바로 반격을 개시했다.

"의사와 간호사의 경우를 같은 잣대로 재는 건 무의미합니다. 게다가 사안 자체가 다른 사건이었습니다."

"그렇다고 해도 사람의 목숨입니다. 그 경우의 청구액은 정당하고 이 경우의 청구액은 과다하다는 편견은 내려놓으시기 바랍니다. 슈바이처처럼 위대한 성인의 길을 간 의사도 있지만 그 못지않은 길을 간 간호사도 많습니다."

"이봐요."

"다시 말씀드리지만 제가 청구하고 싶은 금액은 330억이었습니다. 그러나 현행법의 틀이 그러하기에 33억 5천만밖에 청구하지 못했음을 이 자리에서 천명해 둡니다."

"허!"

피고 측 변호인들은 코웃음으로 위기를 피해갔다.

"다음 피고 측 의견 듣겠습니다."

재판장이 피고 측을 바라보았다.

"방금 전 피고 측의 주장은 궤변입니다. 피해자의 주검은 마음으로 애도를 표합니다만 학교 성적과 건강이 평생 수입과 직결된다는 건 모호한 주장입니다. 본 피고 측은 통상적인 수입으로 6억에 유족 위로금 3억까지 수용할 수 있다는 걸 밝혀둡니다."

33억 VS 9억.

원고와 피고의 가이드라인이 나왔다.

"이의 있습니다."

다시 창규가 일어섰다. 일범은 타이밍에 맞춰 자료를 건네주었다.

"이건 제가 참고로 준비한 피해자 간호학과의 졸업생 100여 명의 수입을 추린 자료입니다. 원고 측은 허황된 주장을 한 게 아니라 실제 대학병원 간호사로 30여 년 근무한 분들의 평균치를 인용한 자료임을 밝혀둡니다. 대학병원 간호사로 30여 년 근무할 때 기대 수입이 6억이라는 것은 무엇에 근거한 것인지 밝혀주시기 바랍니다."

창규의 포화가 다시 포문을 열었다.

"우리는 한 사람의 노동력 상실에 대해 통상 임금으로 계산했습니다. 그게 손해배상소송의 정석이며 추세입니다. 다만 위 자료의 경우에는 통상적인 경우보다 높게 책정했으니 이는 유족에 대한 배려인 것이니 허무맹랑한 주장은 삼가기를 바랍니다."

"그렇다면 재판장님!"

창규가 재판장을 돌아보았다.

"말씀하세요."

"이 건과 관계가 있는 사실 하나를 공개하고자 하니 허락해 주시기 바랍니다."

"특별한 문제가 없다면 허락합니다."

"최광수 변호사님."

재판장의 말이 떨어지기 무섭게 창규가 변호사를 호명했다. 처음부터 창규가 노리고 있던 변호사였다. 밤샘 판례 수색에서 개가를 올리게 해준 장본인이 바로 그(?)였다.

나아가 손해배상액 9억 책정. 이 금액의 결정 또한 최광수 변호사가 행사했던 것이다.

"……."

최광수는 대답없이 고개만 들었다. 50줄을 넘은 중후한 변호사. 스펙도 화려한 대한민국 중진급 변호사였다.

"외람되지만 동생분이 변호사셨죠?"

창규의 서전은 차분했다.

"……."

"아닙니까?"

창규가 다시 물었다. 최광수의 섭취물 리딩을 끝낸 창규였다. 밤샘 판례 수색을 찾아낸 팩트에 더한 창규의 섭취물 분석. 눈빛 싸움에서 더 느긋한 건 당연히 창규 쪽이었다.

창규가 언급하고 있는 일은 이미 15년 전 일. 사실 최광수의 로펌 동료들도 잘 모르는 사안이었다.

"이 소송과 상관없습니다."

최광수가 잘라 말했다.

"관련이 있는지 없는지는 재판부에서 판단해 줄 것으로 압니다."

"원고 측 계속하세요."

창규의 말을 재판장이 거들었다.

"지난 일을 거론해 송구합니다만… 15년 전 최 변호사님은 태국 항공사를 상대로 동생분의 사망에 대한 손해배상소송을 제기한 적이 있습니다. 맞습니까?"

"그 건은……."

최광수가 발끈하지만 창규는 개의치 않고 직진했다.

"치앙마이 공항 활주로 불시착 사고였습니다. 그때 동생분이 사망에 이르렀습니다. 당시 태국항공사의 제시액은 7억이었죠? 하지만 최 변호사님이 나서 국제소송을 제기했고 결국 2년여의 공방 끝에……."

창규는 재판부를 바라보며 뒷말을 채워 넣었다.

"78억 청구에서 70억을 받은 전력이 있습니다. 그 경험으로 의대 대학생 사망 손해배상소에서 63억을 주장한 것이고요."

"……."

"누구든 목숨은 소중한 것입니다. 그리고 누구의 가능성은 일축되고 누구의 가능성은 보장받는 일은 이제 21세기 대한민국 재판부에서는 찾아볼 수 없을 것으로 믿습니다. 이상입니다."

창규는 간단하게 주장을 끝냈다. 일범은 보았다. 창규 어깨 너머로 보이는 최광수. 절반쯤 일어선 그의 이마가 멋대로 구겨지는 걸.

"원고 측, 당초 청구액 그대로 주장하고 나갈 겁니까?"

좌우배석판사와 몇 마디를 나눈 재판장이 창규에게 물었다.

"그렇습니다."

"피고 측, 아까 말한 9억에서 불변입니까?"

"……."

피고 측 변론을 주로 담당하는 변호사, 선뜻 대답하지 못하고 최광수를 바라보았다. 최광수의 사인이 없자 들릴 듯 말듯한 소리로 답을 내놓았다.

"예……."

"알겠습니다. 그럼 오늘 조정은 여기서 마치겠습니다."

재판장이 일어섰다. 좌우배석판사도 그를 따라 나갔다. 최광수는 흥분한 듯 변호사석 테이블을 슬쩍 내리쳤다.

쾅!

생각보다 소리가 컸지만 창규는 돌아보지 않았다. 오히려 웃었다. 오늘의 공방은 명백히, 창규의 편이었다.

다음 날 스타노모 사무실이 뒤집혔다. 상대방 변호인들의 항의 때문이었다. 이유는 신문과 인터넷 기사였다. 아침 날짜로 기막힌 기사가 나온 것이다.

〈이태원 화장실 묻지 마 살인사건 손해배상소송으로 돌아본 손배소들〉

제목 아래 달린 기사가 압권이었다. 최광수 변호사의 동생 소송은 물론, 미국과 영국 등지에서 있었던 사례들이 나란히 나열된 것. 이 기사에 쓰인 최고 배상액은 무려 200억을 상회하고 있었다. 성희롱 소송으로 1,000억 이상의 배상을 판결한 적도 있는 나라이니 200억이 문제가 아니었다.

여기서 핵심은 창규의 손해배상 청구액과의 비교를 나열한 것. 큰 건들의 박스 안에 들어간 청구액은 전혀 커 보이지 않았다.

—조현병이면 다냐? 사람 죽이고 무죄라니?

—그러니까요 후우~

—33억 당장 지불해라. 돈 없으면 장기라도 팔아라.

—황금 노역하겠다고 나서는 거 아니야?

—부모들 미쿡으로 튀기 전에 출국부터 막아라.

—300억도 적다. 한 3조쯤 때려야.

—사람 죽고 돈이 뭔 소용일까? 부모 마음 찢어진다.

—이에는 이, 나라면 나도 조현병이라고 핑계대고 범인 뚝배기 담그고 싶다.

—이런 개새들 변론하는 변호사 놈 얼굴 좀 보고 싶다.

국민 여론도 창규 편이었다. 기사 아래 달린 수천 개의 댓글은 물렁한 사법부와 구멍 뚫린 처벌에 대한 성토였다.

놀란 피고 측 변호사들은 일단 창규의 도덕성을 공격하고 나섰다.

—이거 당신이 소스를 제공한 거잖아?

창규는 한마디로 응수했다.

"지금부터 통화는 녹음하겠습니다."

—……!

변호사는 그대로 전화를 끊어버렸다.

소스를 제공한 건 사실이었다. 어제 법정의 현관 앞이었다. 고의(?)는 절대 아니었다. 기자들과의 실랑이 중에 서류가 빠진 것이다. 이게 창규 쪽의 공식 입장이었다.

따지고 보면 피고 측 변호인들이 화낼 필요도 없는 일이었다. 만약 국민적 관심이 없는 사안이라면 언론이 보도할 리도 없었다. 국민들이 댓글로 지지하지도 않을 일이었다.

보도의 여파는 창규 사무실에도 미쳤다. 이태원 사건 건물 앞에 놓였던 조화들. 시간이 꽤 지났음에도 안타까움을 간직한 사람들이 창규 사무실 앞에 꽃을 놓기 시작한 것이다. 격려 전화도 쏟아졌다. 거의 한나절 동안 업무 마비 직전까지 갔지만 개의치 않았다. 이미 감수한 일이었다.

오후 들어 상대 변호진의 공식 입질이 왔다. 입질자는 최광수였다.

—나 최광수요.

그의 목소리는 끈적하기 그지없었다.

"말씀하십시오."

—잠깐 만납시다.

"중요하지 않으면 전화로 하시지요. 다른 소송 때문에 바빠

서요."

—찾아가리다.

최광수의 전화가 끊겼다.

"피고 측 변호사입니까?"

일범이 물었다.

"응."

"뭐라고……?"

"찾아온다네."

"오, 그럼 긍정적인데요?"

"그렇지?"

"백기 항복 합의안 들고 오는 거 아닐까요?"

"두고 보면 알겠지."

저들이 온다.

창규가 생각에 잠겼다.

왜?

일범의 예상이 어느 정도 맞을 것이다. 법원 조정실에서 맛배기를 보여줬던 창규의 카드. 그 카드가 제대로 먹혔다. 여론은 창규의 편이었다. 상대는 외국인, 조현병이라는 실드를 쳤지만 사건 전에는 일상생활에 문제가 없던 사람이다. 그런 차에 무죄가 나왔으니 국민감정이 열받을 만도 했다. 물론 냉철한 판사는 여론에 휩쓸리지 않는다. 하지만 100% 무시할 판사도 흔치 않았다.

'어떤 협상 카드를 들고 올까?'

창규 생각이 깊어졌다. 이쪽도 대비책이 필요한 시점이었다.

최초의 청구액 33억 5천만 원.

최광수가 소를 제기한 국제 법정으로 생각을 넘겼다. 외국 변호사들이라고 최광수 변호사가 청구한 금액을 'Yes, Thanks' 하고 내주었을 리가 없었다. 창규는 그 과정 또한 리딩으로 캐치하고 있었다.

주 법원의 주차장이었다. 조정에 임하긴 전, 최광수는 강심제를 한 알 먹었다. 그의 생애에서 네 번째 먹는 강심제였다. 이 건은 동생의 목숨값을 정하는 일. 그만큼 중요한 상황이었다. 잠시 후에 붉은 세단 한 대가 옆에 멈췄다. 차에서 피고 측 변호사가 내렸다. 까무잡잡한 여자였다.

그녀가 혼잣말처럼 말을 건넸다. 그녀의 시선은 하늘 쪽이었다. 자연스러운 혼잣말로 상대에게 제의를 던진 것이다.

"78억은 오버죠."

"오버 아닙니다."

최광수가 같은 자세로 응수했다.

"20% 양보하세요."

"당신 입장 봐서 5%는 가능합니다."

"10%로 해요. 그럼 내가 의뢰인의 재가를 받아내죠."

"좋습니다. 10%!"

영어로 오간 대화는 그랬다. 둘의 혼잣말은 판사 앞에서 재현되었다. 조정은 당초 청구액의 10%를 감한 수준에서 결정되었다.

창규는 그 복안을 머리에 그렸다. 그가 써먹은 전략. 누구든 자신의 행위를 사례로 든다면 부정할 말이 마땅치 않아지는 법이니까.

"최광수가 왔습니다."

창을 내다보던 일범이 나지막이 말했다. 최광수는 변호사한 명과 함께 탱크처럼 들어섰다.

"이건 도리가 아니지!"

일단 선제 포화를 퍼붓는 최광수. 창규는 그저·미소로 응수했다.

"나 원 살다 살다… 아무리 변호사 숫자가 많아져서 먹고 살기 힘들기로……."

회의실에 앉은 최광수는 계속 기개를 뿜었다.

"오신 용건이나 말씀하시죠."

창규는 변죽으로 맞섰다. 뒤에는 일범이 서 있었다.

"당신들 말이야 이게 될 말이야? 할 말이 있으면 법정에서 해야지 그 따위로 언론 플레이를 해?"

최광수가 창규를 쏘아보았다.

"우리와는 상관없는 일입니다."

"상관이 없어? 언론 기사, 당신들이 넘긴 거잖아?"

"절대!"

"그럼 귀신이 알렸을까? 이거 어제 당신이 법정에서 주장한 그 자료 아니야?"

"그 기자가 자료를 우리에게 제공했을 수도 있지요."

"……!"

짧은 응수. 그 한마디가 최광수의 예봉을 직격하고 말았다. 최광수는 얼굴을 붉으락푸르락거리더니 본론을 꺼내놓았다.

"그래, 얼마면 합의를 볼 생각이오?"

"합의 볼 생각 없습니다."

"없어?"

"어제까지는 그랬습니다. 하지만 이렇게 두 분 선배님들이 친히 왕림해 주시니 동업자 정신으로 의논해 볼 의향은 있습니다만."

"허어!"

"합의하시겠다면 원칙은 최 선배님의 노하우에 따르겠습니다."

"내 노하우?"

최광수가 창규 쪽으로 상체를 당겨놓았다.

"동생분 소송에서의 조정 전략 말입니다. 제가 볼 때도 가장 합리적이라고 봅니다만."

"……?"

"그 이상도 그 이하도 안 됩니다. 선배님이 그랬듯이 저도 선배님 입장을 고려해 드리는 충정입니다."

창규 목소리는 부드러우면서도 단호했다. 눈빛도 그랬다. 유연함 속에 빛나는 칼날. 정곡을 찔린 최광수는 입을 벌린 채 대꾸하지 못했다.

"실장님!"

함께 온 변호사가 최광수의 정신 줄을 흔들었다. 그제야 정신이 돌아온 최광수. 또 다시 상처난 곰처럼 신음을 넘겼다.

"이봐요 강 변호사. 내 동생의 경우는……."

"78억 청구였죠. 그 경우는 한국 법원과 조금 다릅니다. 그래서 서 양의 청구액을 고작 33억으로 한 거 아닙니까?"

"……."

"아까 말씀드렸지만 선배님의 경우에 맞춘 건 선배님에 대한 입장 고려입니다. 제 입장에서는 이 양보에 대한 서 양 아버님 설득도 사실 자신 없습니다만……."

"……."

"아시지 않습니까? 서일석 씨… 돈 때문에 이 소송을 제기한 게 아닙니다. 그분은 무조건 끝까지 가려고 할 겁니다."

"젠장!"

최광수가 고개를 저었다. 항복으로 기운다는 신호였다.

"결국 10%가 마지노선이란 얘기군."

"그렇습니다."

"좋소. 우리 의뢰인도 불만이겠지만 그 선에서 합의를 보도록 합시다."

"그렇게 하죠."

창규의 대답이 끝나기도 전에 최광수 일행이 일어섰다.

'쾅!'

창규는 문소리를 생각했다. 열이 뻗친 두 사람, 회의실 문을 고이 닫고 갈 리가 없었다.

쾅앙!

입구의 문소리는 조금 더 크게 들렸다. 상관없었다. 창규에게는 그게 팡파르 소리로 들렸다.

"선배님!"

뒤에 있던 일범의 표정이 환해지고 있었다.

"끝난 거 같지?"

"네."

"권 변 덕분이야. 최광수 변호사 동생 판례 정보가 결정적이었던 거 같아."

"무슨 말씀을요. 선배님이 그 재료를 기가 막히게 요리를 한 거죠. 법정에서 맛보기를 보이고 언론에 흘려 카운터펀치. 저쪽이 물어도 그만 안 물어도 그만이었으니… 아, 진짜 선배님 변론 전략은 예술입니다. 예술.”

일범은 혀를 내둘렀다.

“그만하고 밥이나 먹으러 가지. 사무장님, 밥 먹고 합시다!”

창규는 회의실 밖을 향해 샤우팅을 내질렀다.

식사는 개운한 대구뽈찜을 먹었다.

조정도 개운하게 끝났다. 재판장이 원고와 피고의 합의안을 받아들인 것이다.

30억!

돈이 입금된 통장을 안은 서일석은 소리도 없는 눈물을 흘렸다. 딸의 목숨 대가로 돌아온 돈이었다. 몇천억인들 위로가 될까만 그는 창규가 상기시켜 준 서 양의 과업 수행에 돌입했다.

“배상금 30억은 아프리카 의료 재단에 기부합니다. 딸의 이름을 딴 병원 두 개를 시에라리온과 우간다에 건립하기로 했습니다.”

기자회견장의 서일석은 더 이상 울지 않았다. 옆에는 창규도 동석하고 있었다. 서일석의 간곡한 요청이 있었다.

“마지막으로……”

요지를 밝힌 서일석, 창규를 바라보며 숭고한 마무리를 날렸다.

"제게 딸의 유지를 이룰 수 있도록 길을 알려주시고 결과를 얻어주신 강 변호사님과 스타노모 직원들께 진심으로 감사를 드립니다."

땅.

땅.

땅.

창규에게는 서일석의 말이 진정한 선고였다.

＊　　　＊　　　＊

"도 차장님!"

사무실로 돌아온 창규가 놀라 고개를 들었다. 회의실에 포진한 기자들 때문이었다. 도병찬을 위시해 중앙 주요 5대 일간지와 새로 국민의 뉴스로 떠오른 JBBC 방송 기자가 기다리고 있었다.

"어쩔 수 없었어요."

사무장이 어깨를 으쓱해 보였다. 상길도 그랬다.

"취재 때문에 오셨나요?"

창규 역시 어깨를 으쓱하며 안으로 들어섰다.

"그렇지."

도병찬이 웃었다.

"다른 좋은 취재감이 많을 텐데……."

"그렇지."

"그런데 왜 이 좁은 회의실에 오셔서……."

"다른 좋은 취재감들은 뭔가 조작의 냄새들이 강해서 말이야… 우리 강 변호사 소스는 좀 투박해도 날 것의 진솔함이 있거든."

"보아하니 밀어내셔도 안 가실 것 같고……."

"그렇지."

"그럼 시작하시죠?"

"진작 그럴 것이지. 여러분 들으셨죠?"

도병찬의 말이 떨어지자 JBBC 기자가 손을 들고 나섰다.

"JBBC 안배영 기자입니다. 서 양 손해배상소에서 유래 없는 30억 승소를 이끌어내셨는데 처음부터 예상하셨습니까?"

"네!"

창규의 대답에는 주저가 없었다.

"상대방 변호진들이 쟁쟁하던데 어떻게 예상을 한 거죠?"

"상대 변호진들은 고려하지 않습니다. 우리는 우리의 가치만 고려하죠."

"스타노모의 가치라면?"

"소송의뢰인의 억울함 말입니다. 그 억울함이 법의 불균형 때문에 비롯된 거라면 승소를 위해 최선을 다합니다. 법이란 원래 양자의 균형을 위해 마련된 제도니까요."

"말씀은 그렇지만 법정의 판결과 선고가 다 그런 건 아니지 않습니까?"

"맞습니다. 그래서 저를 찾아오는 사람들이 있는 거죠. 그래서 저는 이렇게 생각합니다. 한 번은 틀릴 수도 있다. 두 번도 그럴 수 있다. 하지만 세 번은 제대로 되어야 한다."

"무슨 뜻입니까?"

"조금 다른 예로 설명해 보겠습니다. 제가 병원에서 본 광경인데 채혈을 해야 하는 환자가 있습니다. 그런데 첫 간호사나 임상병리사가 채혈에 실패합니다. 그럼 어떻게 하나요? 조금 더 노련한 사람이 채혈을 시도하죠. 그것마저도 실패하면 더 노련한 사람이, 더 신중하게 시도합니다. 이때는 일반적인 정맥 채혈 위치가 아니라 일반적이지 않은 위치, 즉 고난도의 테크닉이 필요한 정맥, 심지어는 동맥까지도 채혈의 대상이 되고 결국은 성공하고 말더군요. 이러면 설명이 될까요?"

"아!"

기자의 입이 벌어졌다. 은유로 예를 든 창규의 말을 알아들은 것이다.

기자들의 질문이 본격화되기 시작했다. 서 양 손해배상소의 쾌거와 함께 천문학적인 배상액 산정에 대한 소소한 곳까지 들락거렸다. 창규는 전략을 소회하며 담담하게 질문에 답했다. 꾸밀 것도 과장할 것도 없었다.

"다른 무엇보다 마인드가 좋으시군요."

마지막으로 나선 동방일보 기자의 멘트였다.

"고맙습니다."

창규는 겸손하게 받았다.

인터뷰는 바로 뉴스가 되어 전파를 탔다.

〈한 변호사의 집념, 서 양의 유지에 빛을 내리다〉

〈30억의 기적, 아프리카를 품다〉

〈이태원의 비극, 아프리카에서 부활한 서 양〉

몇 가지 타이틀로 나온 방송과 신문은 보는 사람의 마음을 따뜻하게 만들었다.

"우리는 우리의 가치만 고려합니다. 그 가치는 바로 소송의 뢰인의 억울함과 재판의 공정성입니다."

말미에 나온 창규의 발언은 인상적이었다. 오래 오래 시청자와 독자들 뇌리에 남았다. 덕분에 창규네 멤버들은 또 임시 피신의 번거로움을 감수해야 했다. 사무실 전화와 내방객이 너무 많은 까닭이었다. 하지만 누구도 인상 쓰지 않았다. 지상에서 가장 행복한 번거로움이기 때문이었다.

분주한 와중에 행운이 찾아왔다.

행운을 전해온 사람은 코리아변협의 중진 변호사였다.

—강창규 변호사님?

핸드폰으로 걸려온 전화를 창규가 받았다.

"그렇습니다만."

—나 코리아변협의 김태홍 부회장입니다.

"아, 예……."

—요즘 활약이 대단하더군요.

"아닙니다. 변호사의 본분을 다할 뿐이죠."

—그래서 제가 좋은 소식을 하나 전해주려고요. 아니, 두 개로군요.

"예?"

—우선 축하합니다. 강 변호사가 올해의 정의로운 변호사상 수상자로 선정되었습니다.

"예?"

창규가 되물었다. 정의로운 변호사상은 국내외의 모든 한국 변호사를 대상으로 수여하는 상. 잡다한 상이 많다지만 국내에서는 그 권위를 알아주는 상이었다. 그렇기에 적어도 15년 정도의 짬밥은 되어야 심사 대상이 된다는 상. 그게 창규에게 떨어진 것이다.

"제가 어떻게 감히……."

―좀 빠르긴 하죠? 협회 사상 처음이네요.

"……."

―사실 심사위원들은 막판까지 고민을 했습니다. 강 변호사는 아직 어리니 다음에 또 기회가 있을까 싶어서…….

"……."

―그런데 미국에서 걸려온 전화 한 통이 그 고민을 지워버렸습니다.

"미국이라고요?"

―여기서 두 번째 축하를 드립니다. 강 변호사께서 아시아 태평양 젊은 변호사상 수상자가 되었다는 미국변협의 통보가 왔습니다.

"……!"

창규는 귀를 의심했다. 정의로운 변호사상도 굉장하지만 아시아 태평양 젊은 변호사상은 아무나 바라볼 수 없는 굉장한 상이었다.

―16년 전에 수상자가 나오고 이후로 한국 변호사의 수상이 없었는데 강 변호사가 우리 협회 체면을 살렸군요. 다시 한번 축하의 말씀을 드립니다.

"……!"

―시상식 등의 절차는 차후에 말씀드리겠습니다. 그럼…….

전화가 끊겼다. 그때까지도 창규는 멍한 시선을 들지 못했다.

"선배님."

일범이 다가왔다.

"응?"

"안 좋은 소식입니까?"

"아니!"

"그럼……?"

"나한테 정의로운 변호사상과 아시아 태평양 젊은 변호사상을 준다는데?"

"예?"

"아무래도 잘못 온 전화겠지?"

"그럴 리가요. 잠깐만요."

일범이 핸드폰을 꺼낼 때였다. 창규의 전화기가 다시 울렸다. 이번에는 도병찬 기자였다. 그는 첫마디부터 창규 귀를 찢어놓았다.

─강 변호사, 대박이야. 축하해. 축하한다고!

그게 시작이었다. 얼마나 많은 문자와 전화를 받았는지 기억도 없다. 축하 손님이 찾아오고 기자회견이 열렸다. 이렇게 되니 꿈이 아니었다.

창규는 '작은 거인의 로펌'으로 불리는 스타노모 직원들과 함께 서서 기자회견에 응했다. 창규의 영광은 모두 그들에게 돌렸다. 그리고 아직도 법의 구조를 받지 못하는 사각지대 국민들에게 보내는 사과의 말도 잊지 않았다.

상금으로 들어온 돈은 3천만 원과 1만 불. 그 돈은 모두 소외받는 청소년 구제 단체에 기부했다. 그 마음만은 진심이었다. 전 같았으면 이런 상 하나 받아서 으스대고 싶은 마음이 있었다. 명함에 큼지막하게 박아서 홍보용으로 쓰고 싶은 마음이 있었다.

하지만 그러지 않았다. 세상 구석구석에 널린 억울한 사람들. 그 사람들의 한숨이 그치지 않는 한, 상 따위에 취하는 건 좋은 변호사의 자세가 아니었다.

광풍은 수삼 일 만에 지나갔다. 사무실 쪽의 광풍도 잦아들고 있었다. 임시 사무실에서 소장 검토를 하던 창규. 늦은 밤에 스타노모로 돌아왔다. 함께 검토해야 할 서류가 있었기 때문이다.

땡!

엘리베이터 문이 열렸다. 창규는 아무 생각 없이 사무실을 향해 걸었다. 하지만 바로 생각이 들고 말았다. 사무실 앞에 사람이 있었던 것이다.

8. 공익 재단
가면을 쓴 좀벌레들

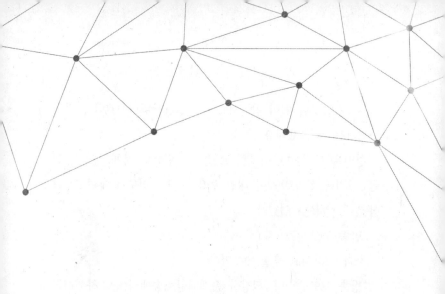

"강창규 변호사님?"

20대 중반의 청년이 반가이 소리쳤다.

"네… 누구신지?"

"저 이재성이라고 합니다. 아침부터 기다렸습니다."

"아침부터요?"

"꼭 만나뵈어야 해서요. 여기서 아주 밤새울 작정이었습니다. 오늘도 내일도, 그리고 모레도……."

"무슨 일로 그러시는지요?"

"소송을 부탁하고 싶어서요."

"소송?"

"제가 답답한 일이 있어서요. 아니, 답답하다기보다 기막힌 일이라는 게 옳겠네요."

청년은 무척이나 침착해 보였다. 그럼에도 붉게 상기된 얼굴. 의지나 성의로 보아 내일 오라는 것도 경우가 아닌 것 같아 사무실 문을 열었다.

"말씀해 보시죠."

소파에 앉히고 물을 내주었다.

"방송 보았습니다. 굉장한 손해배상소송에서 승소하셨더군요."

"네. 하지만 모든 소송이 다 그런 것은 아닙니다."

"알겠습니다. 실은 저도 돈에 관련된 것이라서요."

"……"

"50이 좀 넘은 아버지가 계셨는데 지난해에 돌아가셨습니다. 그런데 이분이 그동안 장사로 버신 전 재산을 장학 재단에 기부를 하셨습니다."

"예……"

"제 생각에는 뭔가 좀 이상해서… 그 재산을 되찾고 싶어서 말입니다."

"장학 재단에 기부를 했다고요?"

"예."

"전액을요?"

"예."

"얼마나 되는데요?"

"제가 아는 것만 100억은 넘습니다."

"기부에 대해 본인은 모르는 사항이었고요?"

"예."

"기부 시점은 얼마나 되었습니까?"

"내일 모레면 꼭 1년이 됩니다."

"……!"

메모하던 창규가 고개를 들었다.

1년!

유류분 반환소송의 유효기간이었다. 즉, 경우에 따라서는 1년이 지나면 소송도 낼 수 없는 처지가 된다는 뜻이었다. 그런데… 창규의 질문에 답한 청년의 말이 또 한 번 창규의 정신 줄을 잡아 흔들었다.

"그런데 왜 이제서……."

"제가 잠깐 창피한 사건에 휘말려 미국의 교도소에서 1년 반 동안 복역을 했거든요. 출소 후에 아버지 볼 면목이 없던 차에 지인이 편입 공부를 권했습니다. 좋은 학교로 옮기면 아버지에 대한 반성이 되지 않겠냐고……."

"예……."

"그래서 출소 후 1년 동안 서울 아버지와 연락을 끊고 죽기 살기로 공부해 동부 지역 명문 대학의 까다로운 입학 조건을 넘어 합격을 했지요. 그 소식을 알리려 입국을 한 건데 그사이에 아버지는 돌아가시고……."

"저런."

"제 인생, 왜 이렇게 꼬이는 건지……."

"계속 말씀하세요."

간단한 이야기가 아닌 것 같아 회의실로 자리를 옮겼다. 청년은 물 한 잔을 더 받아들고 사연을 이어갔다.

미국 유학은 고인이 된 아버지의 뜻이었다.

'사회사업의 본 고장 미국에서 공부를 하고 와서 한국에 접목하거라.'

지상과제를 안고 미국으로 떠났다. 그러다 지지난 해 곤혹을 치루었다. 성폭행사건이었다. 청년은 그 부분에서 망설였다. 누구든 숨기고 싶은 사연이 있는 것이다.

"이건… 죄송하지만 아버지의 기부와 관련이 없을 것 같아서……."

"아니, 관련이 있을 수 있습니다."

창규가 고개를 저었다.

"예? 미국에서의 사건이 왜요?"

"일단 사건부터 들려주세요. 시기적으로 겹치지 않습니까?

선친께서는 재산을 기부할 생각이 없었는데 갑자기 마음을 바꾸었습니다. 그렇다면 그 사건에서 영향을 받았을 수도 있습니다."

"……"

"……"

"휴우!"

청년 홍남일은 한숨을 쉰 후에 사연을 풀어놓았다.

미국의 클럽이었다. 사건이 일어나던 날 청년은 한국 친구의 연락을 받고 클럽에 나갔다. 네 친구와 술을 마셨다. 둘은 아는 얼굴이었고 둘은 그 친구의 친구들이었다.

창규는 쌍식귀를 띄워 동시 검증에 들어갔다. 이제는 아낄 필요도 없는 쌍식귀들. 더구나 내일과 모레가 손 없는 날이니 미리 체크하는 게 좋았다.

[맥주]

식귀는 거기서 리딩을 시작했다. 그러다 특용이 추가되었다.

[마약]

그 장면에서 창규가 신경을 곤두세웠다. 미국은 마리화나 같은 걸 합법으로 치는 주도 있다. 하지만 창규는 한국 사람이기에 단어만으로도 긴장할 수밖에 없었다.

마약은 '추가'였다. 스스로 먹은 게 아니었다. 하지만 많은 사람들이 한꺼번에 몰리는 바람에 누가 탔는지 확인할 수 없었다.

마약이 들어간 맥주를 마시자 몽롱함이 나타났다. 그러나 청년은 젊고 왕성한 에너지의 소유자. 기분이 업그레이드되며 더 신나게 놀았다. 시간이 경과하면서 합석한 친구들이 하나둘 돌아갔다. 청년은 혼자 남았다. 몽롱함 때문에 약간의 휴식이 필요했다. 그때 기막힌 백인 미녀 둘이 등장했다.

"헤이, 유 온리 원?"

'혼자 왔어요'로 시작한 대화가 문제의 원인이었다. 미녀들은 거의 반라의 몸이었다. 팬티라도 해도 좋을 만큼 짧은 핫팬츠에 가슴만 가린 탱크탑. 술기 오른 청년의 눈이 번쩍 뜨이지 않을 수 없었다.

그녀들이 청년을 무대로 끌었다. 접촉과 은근한 자극이 이어졌다. 그녀들은 번갈아, 가슴과 엉덩이로 청년의 욕망을 가지고 놀았다.

"오늘 밤 어때?"

춤의 마지막에 한 미녀가 속삭였다. 청년은 이미 그녀에게 녹은 후였다. 셋은 모텔로 향했다. 오래지 않아 그 방에서 비명이 나왔다.

"까악!"

띠뽀띠뽀!

경찰차도 출동되었다. 경찰이 도착했을 때 청년은 알몸으로 한 미녀의 두 팔을 제압한 채 성관계를 가지려는 자세였다. 누가 보아도 성폭행으로 오해할 소지가 있었다. 또 다른 미녀는 얼굴에 폭행을 당한 채 구석에 웅크리고 앉아 울고 있었다. 미녀들은 청년을 고소했다. 그림대로 죄목은 성폭행이었다.

"그녀들이 먼저 원했어요."

청년의 항변은 공허했다.

창규는 알았다. 모텔 안으로 들어간 세 사람. 그곳에서도 주도권은 미녀들에게 있었다. 그녀들은 청년을 사이에 두고 여전히 '가지고' 놀았다. 가슴으로 자극하고 달라붙어 키스하고 물건까지 주물러댄 것. 옷을 벗고 거칠게 대해달라는 주문을 던진 것도 그녀들이었다.

하지만 증언은 반대로 나왔다. 청년이 미녀들을 폭행하고 강제로 덮쳤다는 것이었다. 폭행 역시 그녀들의 덫이었다. 모텔에 들어온 두 미녀는 서로의 따귀를 때리고 자신들의 손가락을 뾰족한 침으로 찔러 피 분탕질의 효과까지 동원했다. 한마디로 청년은 꽃뱀들에게 걸린 꼴이었다.

청년은 합의를 보지 못했다. 그녀들은 돈보다 처벌을 원했다. 도리 없이 실형을 살았다. 1년 반이었다.

"일은 그렇게 된 겁니다. 하지만 저는 정말 억울합니다. 술에 취했지만 강제성은 없었거든요. 마약 또한 저는 모르는 일이고요. 경찰들이 제 집 안을 수색했지만 마약은 나오지 않았습니다."

설명을 끝낸 청년이 강변을 했다.

"······."

창규는 생각을 정리했다.

꽃뱀!

모든 수컷이 있는 곳에 꽃뱀은 존재할 수 있다. 그러니 미국이라고 예외가 아니다. 그런데 그녀들은 합의를 보지 않았다. 보려는 생각도 없었다. 그런 걸 보면 꽃뱀이 아닌 것으로도 보였다. 이래저래 아귀가 맞지 않았다. 행동은 의도적인데 돈을 요구하지 않다니······.

"혹시 아버지가 홍남일 씨 사건을 알고 계셨나요?"

"예······."

"그것도 좀 말씀해 주시겠습니까?"

"변호사하고 합의금을 보내주셨는데 실패했습니다. 아까 말했다시피 그녀들이 합의가 아니라 처벌을 원해서······."

"이후로 아버지 반응은요?"

"조금씩 연락이 끊긴 건 사실입니다. 제가 교도소에 있느라 연락을 하지도 못했고⋯⋯."

"재단 쪽 사람들은 만나보았나요?"

"그 직원들이 저를 찾아왔습니다. 아버지의 유언장을 보여 주더군요. 집은 제게 주고 나머지 전 재산은 장학 재단에게 기부한다는 내용의⋯⋯."

"가지고 있습니까?"

"네."

청년이 유언장을 꺼내놓았다. 유언장의 형식에는 문제가 없었다. 하긴 거액이었다. 수혜자는 장학 재단이었다. 허투루 만들었을 리가 없다. 그런데⋯ 장학 재단을 확인하던 창규의 시선이 굳어버렸다.

행림 장학 재단 이사장 백병기.

행림 장학 재단.

그 이름이었다. 국무총리 뇌물사건의 구심처. 그 재판은 아직도 일부 진행 중이지만 총리를 내세워 각종 이권에 개입하고 올림픽 후원금을 빙자해 뇌물을 받아 축재하는 장학 재단이었다.

"선친께서는 이 재단을 어떻게 알게 되었을까요? 혹시 아는 게 있나요?"

"제가 아는 건… 아버지가 그 재단에 정기 기부를 하고 계셨다는 것뿐입니다. 아, 제 유학에 대해서도 조언을 구하신 걸로……."

"선친이 접촉하던 사람도 압니까?"

"홍 사무총장이라고… 하지만 그 분은 지금 구치소에 있더군요. 국무총리 사건과 연관이 되었다고……."

홍 사무총장.

창규도 본 인물이었다.

청년의 경우 유류분 반환 청구권을 가진다. 최근에는 유류분 반환 청구가 문제되는 경우가 많다. 이 문제는 주로 상속인이 여럿일 때, 피상속인 생전에 일부 상속인이 다른 상속인보다 재산을 많이 받아간 경우, 혹은 자선단체 등에 기부한 경우이다. 이때 다른 상속인들은 부족한 상속분의 일부, 즉 배우자와 직계비속은 2분의 1의 반환을 청구할 수 있다.

이 법에 따라 청년은 장학 재단을 상대로 100억의 절반가량인 50억 반환을 요구할 수 있다. 다만 이 청구권에는 시효가 존재한다. 시효는 상속 개시 사실 및 증여 사실을 안 날로부터 1년이고 상속 개시 시점으로부터 10년이다. 양 기간 중먼저 도래하는 시점에 시효가 완성된다.

청년은 약 1년 전에 장학 재단 상속을 알았으니 이쪽이 시효가 된다. 다행히 이틀이 남았으니 소를 제기하면 시효 문제는 정리가 될 수 있었다.

"이 건은 제가 맡아드리죠."

"네? 정말입니까?"

"유언장은 카피 한 장 해둘 테니까 내일 나오셔서 우리 사무장에게 좀 더 자세하게 말씀하시고 필요한 서류도 마련해 주세요. 오늘은 밤이 깊었으니……."

"알겠습니다. 고맙습니다!"

청년은 꾸뻑 인사를 남기고 물러갔다.

행림 장학 재단.

창규는 카피한 유언장을 물끄러미 바라보았다. 국무총리를 등에 업고 안하무인으로 나댄 장학 재단. 조일산의 구명으로 끝난 줄 알았건만 다시 그 이름을 만난 창규였다.

다음 날 아침, 홍남일이 왔다. 상담은 사무장에게 맡겼다. 사무실은 다시 분주함에 휩싸였다. 수임을 원하는 사건은 많았다. 거기서 사건을 골라내는 것도 장난은 아니었다. 일범은 자료 서재 앞의 테이블에서 골똘하고 있었다. 그러다 문득 핏대를 올려댔다.

"으아, 이 도적놈들."

"뭔데 그래?"

역시 판례를 찾고 있던 창규가 돌아보았다.

"이거 좀 보십시오. 징역형만 가능한 처벌에 벌금형이 나왔습니다. 이게 말이 됩니까?"

일범이 내민 건 항소 건이었다. 그 또한 유전무죄, 유권력무죄 무권력유죄의 전형이었다. 사건의 주인공은 경찰이었다. 한 일선 경감이 음주 단속을 나갔다. 음주 운전자를 잡았다. 전화가 들어왔다. 본청의 경무관이었다.

방금 잡은 음주 운전자가 경무관의 동생이었다. 경감은 음주운전자를 '그냥' 보내주었다. 그걸 본 뒷차 운전자의 신고로 들통이 났다. 경감은 직무 유기로 정식 기소가 되어 징역 4월에 집행유예 1년, 사회봉사 80시간 선고를 받았다.

여기까지는 좋았다. 문제는 항소 선고였다. 경감은 공무원. 금고 이상의 형이 확정되면 퇴직급여가 반 토막이 나는 것이다. 경감은 항소했고 벌금 500만 원 형이 떨어졌다.

법 개념과 상관없는 시각으로 본다면 변호사가 유능했다. 벌금형이 허용되지 않는 혐의에 대해 벌금형을 이끌어내는 개가를 올린 것.

하지만 법 개념으로 보면 법원의 정신 줄이 좌르르 풀린 판결이었다. 다음으로 검사도 문제였다. 형법에 법정형이 명기된 사안인데 문제를 제기하지 않았다. 총체적 부실이었다.

"이거 그냥 두고 봐야 합니까?"

일범이 콧김을 뿜었다.

"대법원 상고 확인해 봤어?"

"상고하지 않았습니다."

"난해하군. 판사도, 검사도, 변호사도 그냥 넘어가다니… 물론 변호사야 자기에게 유리한 판결이니 딴죽 걸 필요가 없지만……"

"이거야말로 음주 판결 아닙니까? 음주 관련 직무 유기 경찰을 재판하다 보니 판사님도 술에 취한 게 분명합니다."

"그래서? 권 변 정의감이 즉빵 폭발이야?"

"그렇지 않습니까? 이건 법조인의 명예 문제입니다."

"그럼 방법이 있잖아?"

"비상상고 말입니까?"

일범의 입에서 정답이 나왔다. 그동안 제대로 공부하더니 막히는 곳이 없는 일범이었다. 비상상고는 검찰총장의 권한이다. 형사소송법에 의해 선고가 떨어진 후에도 재판의 위법함이 발견되면 대법원에 상고할 수 있는 것이다.

"그래."

"그럼 뭐 합니까? 우리가 검찰도 아닌데?"

"검찰은 아니지만 검찰에 아는 사람은 있지."

창규가 수화기를 들었다. 이혁재 부장검사 번호였다. 그는 이 판례에 대해 모르고 있었다. 창규가 말하자 그 역시 공감을 표해왔다.

"사건 번호 알려주었어. 그쪽 라인을 통해 상고하도록 해보 겠다네."

"으아, 역시 선배님은 능력자!"

"자, 기분 전환했으니 우리 소송 건으로 좁혀볼까?"

"유류분 반환 청구 건이요?"

"응."

"판례는 충분합니다. 제가 준비해서 육 변호사가 납품한 경 험도 있고요."

일범이 흐뭇한 표정으로 자료를 두드렸다. 그새 모은 게 라 면 박스 높이. 게다가 실전 경험도 있는 그였다. 물론 실전은 창규에게도 있었다. 막변 시절 경험한 편애로 인한 유류분소 송이었다. 사람들이 잘 모르는 사실이 하나 있다. 그게 바로 유언장이었다.

—전 재산 100억을 가진 70대 후반의 아버지.

—자녀는 세 명.

—다른 자식들은 싸가지 없고 막내만 예쁘니까 막내가 전 부 가져라.

…라고 유언장을 쓰고 죽으면 어떻게 될까?

이런 경우 막내가 상속을 받으면 된다. 단, 다른 형제자매 의 유류분 반환소송이 없다는 전제하에서… 유류분 반환소송은 이래서 무섭다. 증여나 유언보다도 앞서는 권리인 까닭이다.

더 무서운 건 유류분 계산은 상속 개시 전에 미리 증여한 재산까지도 포함한다는 점. 그렇기에 지나치게 일방적인 상속은 가족의 분쟁을 불러올 소지가 크다.

창규가 막변 때 대표 변호사를 도왔던 유류분 반환소송은 120억짜리였다. 혼자 살던 여자가 30억 재산을 모두 장녀에게 넘겨주고 죽었다. 동생 둘은 받은 게 없었다. 더구나 장녀는 그 이전에 90억 임야도 증여받은 상태였다.

"그럼 유류분이 얼마야?"

대표 변호사의 질문이 떠올랐다. 당시 창규는 그런 소송이 처음이었다.

"30억 아닙니까?"

생각 없이 대답하고 미치도록 깨졌다. 이런 착각은 다른 사람들도 많이 한다. 사망 당시 30억의 재산이 있었으니 30억으로 기준을 삼는 것이다. 하지만 유류분은 생전의 증여재산을 포함한다. 그렇기에 그 전에 장녀에게 증여한 90억 임야도 합쳐야 한다. 장녀에게 주지 않았다면 남았을 재산이기 때문이었다.

30억을 기준으로 계산하면 법정 상속액은 각각 10억이다. 유류분은 그 법정 상속액의 2분의 1이므로 5억에 해당한다.

하지만 증여분까지 합쳐 계산하면 120억의 3등분인 40억. 그 2분의 1을 계산하면 무려 20억으로 변한다.

그러니까 홍남일, 아버지가 생전에 장학 재단에 증여한 돈까지 청구액에 산입해야 했다. 증여가 없었다면 홍남일의 주장대로 100억의 2분의 1인 50억의 반환 요구가 가능했다. 장학 재단은 유류분을 가질 권리가 없는 까닭이었다.

잠시 후에 사무장이 다가왔다. 잘 정리한 상담지와 홍기문의 재산변동상황에 대한 자료였다.

"유언장 집행 이전에 증여한 재산이 약 2, 30억 있네요."

사무장이 자료를 가리켰다. 이제 홍남일이 청구할 유류분 반환액은 약 60억 이상으로 올라가게 되었다.

"기부 당시 재산은?"

"주식과 상가 부동산으로 넘겼는데요?"

"오케이, 그럼 이제 야전으로 나가볼까? 소장 접수는 권 변이 맡아줘."

창규가 일어섰다. 홍남일의 재산을 상속받은 행림 장학 재단에 대한 확인이 필요했다.

부릉!

차가 도로로 나왔다.

'주식……'

사무장의 말을 생각했다. 주식이라면, 저들이 처분했을 경우 동일 주식으로 요구할 수도 있었다. 하지만 창규는 네 거리에서 방향을 틀었다. 과천의 장학 재단이 아니라 구치소 쪽이었다.

국무총리 뇌물사건은 아직 끝이 아니었다. 그동안 두 재벌 총수에 대한 재판이 끝났을 뿐, 남은 다섯 기업은 여전히 재판이 진행 중이었다. 그렇기에 뇌물의 연결 고리 역할을 한 홍 사무총장은 아직도 구치소에 있었다.

홍 사무총장.

홍남일과 직접 접촉한 사람. 창규는 그를 만날 생각이었다. 거기서부터 아래위로 연결해 나가면 될 일이었다.

"……?"

접견실에 들어선 홍 사무총장이 걸음을 멈췄다. 총리 뇌물 공판에서 본 걸 기억하는 모양이었다.

"무슨 일로 나를 보자는 겁니까?"

홍 사무총장이 각을 세우며 물었다.

"총리 건은 아니고……."

창규가 핸드폰 화면을 내밀었다. 방금 일범이 보내준 소장 접수증이었다.

"이게 뭐요?"

"보고도 모릅니까? 홍기문. 당신네 재단에 100억대 재산을 기부한 사람 아닙니까?"

"그러니까 내 말은 이게 무슨 소송이냐는 겁니다."

"유류분 반환소송 모르세요? 홍기문 씨 아들이 제게 위임한 소송입니다."

"……!"

거기서 홍 사무총장의 눈동자가 한 번 더 뒤룩거렸다.

"당신이 홍기문 씨를 직접 만나셨다고요?"

"그래서요?"

"이 기부 유언은 자의였나요?"

"당연한 거 아니오?"

"하나밖에 없는 아들에게도 언질이 없었던 일이라 그렇습니다."

"그거야 아들이 아들 노릇을 못하니까 그런 거 아닙니까?"

홍 사무총장 입가에 비웃음이 스쳐 갔다.

"무슨 뜻이죠?"

"지난번 조 회장 변론은 인상적이었지만 이 건 수임은 당신 실수요. 홍 사장의 아들 놈, 남의 나라에서 마약에 여자들 강간하려다 빵에 간 놈이거든요."

"들었습니다. 그건 그냥 사고라고 하더군요."

"다들 말이야 그렇게 하지."

"아무튼 홍남일 씨는 홍기문 씨의 아들로써 유류분 반환을 요구할 자격이 있습니다."

"그렇잖아도 혹시 이런 날이 올까 봐 홍기문 사장이 써준 게 있소."

"뭐죠?"

"전화 좀 쓸 수 있겠소?"

"그러시지요."

창규가 핸드폰을 내주었다. 홍 사무총장은 재단의 여직원에게 전화를 걸었다.

"우리 직원에게 가보시오. 홍기문 씨의 편지를 보여줄 겁니다."

홍 사무총장은 그 말을 남기고 일어섰다. 차근차근 리딩을 하려던 창규가 어깨를 으쓱하고 말았다. 하지만 서둘 필요는 없는 일이었다. 구치소 안의 사무총장이 사라질 것도 아니므로.

*   *   *

행림 장학 재단은 어수선했다. 복도로 꾸며진 회랑은 그림과 조각품을 모두 치워 썰렁하기까지 했다. 국무총리 뇌물사건의 온상지로 꼽히면서 여러 차례 관심의 대상이 된 까닭이었다. 호화로운 장식품을 다 치워 버린 것이다.

"여기 있어요."

그래도 사무총장실 여직원은 예뻤다. 겉모양만 그랬다. 그녀는 홍 사무총장보다 더 각을 세우고 창규를 맞았다.

"……!"

여직원이 내민 편지를 본 창규가 눈자위를 구겼다. 그건 홍기문 자필 편지의 카피본이었다.

남일이 보거라.

이렇게 시작하는 편지의 내용은 협박 섞인 당부였다. 아들의 파렴치한 범죄 사실을 안 아버지. 수치심에 목을 매달까도 생각했다. 그 스트레스 때문에 지병이 더 도졌다. 교도소를 나와 행방이 묘연해진 아들. 네 몫까지 반성하기 위해 뜻깊은 장학 사업에 남은 재산을 다 쾌척하니 집 하나 남겨주는 것도 과분하게 알고 살아라. 나아가 혹여 돈에 눈이 멀어 장학 재단을 상대로 행패나 소송을 벌이는 짓은 절대 삼가거라. 네가 그런 망동을 한다면 아버지는 지하에서도 눈감지 못하리라. 편지의 내용은 그랬다.

"이 편지의 원본이 있습니까?"

창규가 여직원을 바라보았다.

"네."

"좀 볼 수 있을까요?"

"곤란한데요? 총장님이 카피본만 드리라고……."

"원본 유무의 확인만 하자는 겁니다. 어차피 소송이 벌어지면 재단 측에서 공개해야 할 일이고요."

"그럼 보기만 하세요."

여직원은 다짐을 놓은 후에야 보관함을 열었다. 그 안에 봉투와 원본이 있었다. 홍기문의 사인도, 인감도장 날인도 또렷했다.

'복병이군.'

창규의 입안에 쓴맛이 돌았다. 이 편지… 홍기문의 자발적인 것일까? 아니면 재단에서 요구한 것일까? 홍남일은 아직이 편지를 보지 못했다. 홍 사무총장이 구치소에 들어간 까닭이었다. 그렇지 않았다면 홍 사무총장이 사전 조치로써 보여주었을 가능성이 컸다.

'별수 없지.'

창규가 고개를 끄덕거렸다. 일단은 두 가지 확인이 필요했다. 첫째는 이 필적이 홍기문의 것인지 여부. 또 하나는 홍남일이 어떻게 받아들일지……

"뭐야?"

여직원이 돌아설 때 한 남자가 다른 방에서 나왔다. 여직원이 그에게 나지막이 속삭였다. 남자는 창규를 노려보고는 반대 방향으로 걸어갔다.

창규는 홍남일에게 전화를 걸었다. 다행히 그는 재단으로 오는 중이었다. 기분이 심난해 재단을 보려던 모양이었다. 근처의 갈비탕집에서 그를 만났다. 배에서 나는 밥 달라는 소리 때문이었다.

"……!"

갈비탕을 앞에 둔 채 아버지 편지를 받아든 홍남일의 표정이 변했다. 심경의 변화를 엿볼 수 있는 얼굴이었다.

"선친 필적이 맞나요?"

"잠깐만요."

홍남일은 가방을 뒤져 책 한 권을 찾아냈다. 거기 아버지의 필체가 있었다. 책에 적어둔 메모와 여러 명언 경구들. 얼핏 보아도 같은 필적이었다.

"맞는 거 같아요."

홍남일이 대답했다.

"의심스러우면 필적감정을 해보는 게 좋습니다."

"아뇨… 아버지의 필체가 맞아요."

홍남일의 목소리에서 맥이 풀려 나갔다. 필적감정이야 따로 의뢰할 수도 있지만 창규에게는 좋지 않은 신호였다.

"홍남일 씨……."

"변호사님, 저 이 소송, 취하하고 싶습니다."

"……?"

"처음에는 이 사람들이 아버지를 속여 재산을 가져간 거 아닌가 싶은 마음이었는데 편지를 보니 아닌 것 같네요. 그렇다면 아버지가 원해서 한 일을 제가 이제 와서……."

"……"

"마약과 성폭행 건으로 이렇게 아파하셨다니… 게다가 저는 임종도 지키지 못했고… 그런데 아버지의 유지를 받들지는 못할망정 소송을 내면……."

"아직 상속 과정이 명쾌하게 드러난 건 아닙니다."

"그렇지만……"

"그럼 홍남일 씨는 뭐가 이상하다고 생각했던 겁니까? 즉 나를 찾아온 계기가 뭐였던 거죠?"

"그건 아버지 말씀 때문에……."

"어떤 말인가요?"

"제가 외국 유학을 떠나기 전에 종종 그러셨어요. 훌륭한 사람이 되어 돌아와 무지렁이처럼 번 아버지의 돈으로 좋은 사업을 해보라고."

"재단 같은 곳에 기부할 생각이 없었다는 거군요?"

"맞아요. 행림 장학 재단에서 사람이 왔을 때도 처음에 화를 냈었거든요."

"화를 냈다고요?"

"네, 장학 재단이니 복지 재단이니 하는 것들이 사실은 남의 돈으로 제가 생색내고 제 뱃속 불리는 것들이지 한국에 테레사 수녀처럼 몸 바쳐 솔선수범하는 사람이 있냐고요."

"그런데 왜 기부를 하셨을까요?"

"그건 홍 사무총장님 때문에……."

"사무총장요?"

"그분이 우리랑 같은 성씨에 같은 파라고 그 얼굴 봐서 성의껏 내겠다고……."

"원래 아는 사이였나요?"

"아닙니다. 그건 아닌데 사무총장님이 굉장히 각별하시다고 했어요. 그래서 제 해외 유학도 그분을 통해 알아보신 거고……."

"그런데 이 편지 한 장으로 모든 게 해소되는 겁니까?"

"그건 아니지만……."

"그거 아시죠? 홍 사무총장이 좋은 사람은 아니라는 거."

"잘은 모르고요, 무슨 올림픽 지원금 문제로 재판 중이라는 건 들었습니다."

"올림픽을 내세워 기업들을 닦달해 자기 주머니를 채운 사람입니다. 말씀드리기 조심스럽지만 선친의 재산도 그런 맥락일 수 있습니다."

"설마요?"

"그럼 이렇게 하죠. 일단 100억 기부금의 집행 내역과 관리 실태를 보내달라고 하세요. 확인해 보고 투명하게 집행되고 있다면 그때 소를 취하해도 늦지 않습니다. 왜냐하면 이건 당신에게 딱 한 번뿐인 기회거든요."

"……."

"홍남일 씨."

"알겠습니다."

"어!"

대화하던 창규가 고개를 들었다. 문으로 아까 재단에서 본 남자가 들어서고 있었다.

"어서 오세요, 차장님."

주인이 나와 손님을 반겼다. 이제 보니 남자의 직책이 재단 사무차장인 모양이었다. 사무차장이라면 홍 사무총장의 직속 부하. 어쩌면 뭔가 건질 게 있을 지도 몰랐다.

'꿩 대신 닭!'

창규가 닭 사냥에 나섰다.

사무차장.

그가 과연 실무를 맡았을까? 홍 사무총장의 지시를 받아 홍기문의 재산 기부를 받는데 기여를 했을까? 창규는 조심스레 식귀1부터 끌어냈다.

부탁해.

[홍기문 기부금]

[최초 만남]

두 가지 단어의 조합을 내세워 섭취물 리딩에 들어갔다. 어느 카테고리에 정보가 들었을까? 첫 만남이라면 아무래도 커피나 차? 혹은 식사 정도? 짧은 시간 안에 몰아친 창규의 생각은 모두 빗나갔다.

[해물찜]

[소주]

홍기문에 대한 정보의 시작은 두 음식이었다. 장소는 고교 총동문회였다. 사무차장의 입으로 소주가 들어갔다. 우렁찬 건배사가 들리고 웃음소리도 들려왔다. 그리고… 창규 귀를 쫑긋 세우게 하는 멘트가 나왔다.

"그럼 우리의 영원한 고문으로서, 언제나 우리에게 꽁술을 왕창 안겨주는 홍기문 부회장님의 축사가 있겠습니다."

와아아!

장난스러운 함성과 휘파람 소리… 그 소리를 따라 홍기문이 일어섰다. 다시 소주가 보태졌다. 꼴깍, 원샷으로 넘어간 소주가 주변 이미지를 선명하게 만들었다. 거기 홍 사무총장이 있었다. 사무차장과 함께였다.

"저 사람이군요?"

사무차장이 조심스레 속삭였다.

"그래. 잘 봐두라고."

"말씀보다 너무 털털한데요?"

"원래 진짜 부자는 티를 안 내는 법이거든."

"재산이 100억대라고요?"

"쉬잇!"

사무총장이 입술을 막았다.

동문들은 삼삼오오 오가며 폭주했다. 와자지껄 학창 시절을 회상하고 웅성웅성 당시 선생님들을 흉봤다.

"아이고, 우리 찌질이 많이 컸네."

"그러게. 얘가 내 빵 셔틀 아니었나?"

"말은 똑바로 해라. 니가 내 빵 셔틀이었지."

"이것들아, 어디서 개구라야? 그때는 빵 셔틀 같은 말 없었어."

질펀한 농담과 함께 술이 깊어갔다. 그러다 여기저기서 오바이트 조짐이 나올 무렵, 총무가 일어나 마무리를 했다.

"자자, 이쯤에서 기념 촬영 하고 끝냅시다. 아직도 혈기왕성하고 술 고픈 사람들은 요 뒤의 콩나물 해장국집으로 모이십시오. 아직 밤은 새지 않았습니다."

"나가지."

홍 사무총장이 차장 옆구리를 쳤다. 둘은 홍기문에게서 가까이 자리를 잡았다.

"찍습니다."

총무가 몇 방을 박아댔다. 어수선한 사이에 총장이 총무에게 다가갔다. 사진을 받으려는 것이다. 총무는 기꺼이 단체사진 파일을 보내주었다.

"수고 많으셨습니다."

홍 사무총장은 인사를 나누는 무리에 섞여 홍기문과 악수를 나눴다.

"꼬라지들 하고는……."

거나하게 취해 기분이 좋아진 고교 동문들. 서로서로 작별하는 뒤에서 홍 사무총장이 냉소를 뿜었다.

"콩나물집까지 가는 겁니까?"

차장이 물었다.

"아니, 이 정도면 되었어. 너무 들이대는 것도 좋지 않아."

"지금 가는데요?"

사무차장이 말했다. 홍기문의 차가 출발하고 있었다.

"그는 허투루 기분 내지 않아. 성실하거든."

"그래도 차가 영……."

사무차장은 여전히 마뜩치 않은 표정이었다. 그도 그럴 것이 홍기문의 차는 낡은 그랜저였다. 100억대 부자가 탈 차가 아니었다.

"눈에 보이는 것만 믿지 말라고. 홍기문은 100억대 부자가 확실해. 홍씨 문중회에서 확인했고 여기서도 총무에게 슬쩍 확인을 했거든."

"예……."

"3일 정도… 그 정도 묵혀두었다가 시작하자고. 웬만한 기업 사장 공략하는 것보다 나을 거야."

홍 사무총장의 눈빛은 기대로 가득했다.

해물찜 리딩은 그쯤에서 끝났다. 창규는 자신도 모르게 긴장한 몸을 풀었다. 뭔가 좋지 않은 느낌이 온 것이다.

"식사 안 하십니까?"

아들 홍남일의 채근을 뒤로 하고 리딩을 이어갔다.

[홍기문 두 번째 만남]

첫 정보가 나왔기에 연결 옵션이 어렵지 않았다. 이번 매개체는 '청심환'이었다. 사무차장은 그걸 한입에 털어넣었다.

"괜찮나?"

홍 사무총장이 물었다. 홍기문의 도매상 앞이었다.

"예… 이제 좀……."

사무차장이 대답했다.

"자넨 다 좋은데 그 새가슴이 문제야. 이건 명백히 장학 사업이라고. 사기를 치려는 게 아니야."

"……."

"게다가 우리 재단 창설자가 누구야? 국무총리님이잖아? 역대 최고의 실세급 국무총리. 우리 건드릴 사람 아무도 없어."

"……."

"가지."

홍 사무총장이 앞서 걸었다. 사무실로 직행한 둘은 홍기문을 만났다.

"우리 학교 후배들?"

사람 좋은 홍기문이 반색을 했다.

"예, 엊그제 동문회에서 인사를 드렸는데……."

대화는 주로 홍 사무총장이 맡았다.

"그래요? 그때는 사람이 하도 많아서……."

"말씀 낮추십시오. 저보다 4년 선배십니다."

"아, 그래서 얼굴이 낯설구만. 그래, 지금은 뭐 하시고?"

"장학 재단에서 겨우 한자리하고 있습니다."

홍 사무총장이 명함을 꺼내놓았다.

행림 장학 재단 사무총장.

직함이 선명한 명함…….

"옹? 성씨도 나랑 같네?"

"예, 그래서 근처에 장학금 기부를 받으러 왔다가 인사라도 드릴까 싶어서 찾아뵈었습니다."

"인사는 무슨… 그런데 기부라면?"

"요즘 기부가 삶의 보람 아닙니까? 저희는 국내외 가난한 인재들을 돕는 재단이라 그 취지에 공감하는 분들이 많아 후원자가 곳곳에 분포해 계십니다. 게다가 국무총리님께서 만든 재단이라 아름아름 사업에 도움도 되지요."

"듣고 보니 보통 재단이 아니군."

"좀 그렇습니다."

"가만, 국내외라면 해외 인재도?"

"예. 하버드와 예일대 같은 명문 대학 학생들도 저희 시스템의 도움을 받는 사람이 많습니다."

"오, 그래?"

"혹시 자녀분들이 해외 유학을 가실 거라면 말씀만 하십시오. 저희가 장학 사업을 하면서 해외 대학에 대한 자료도 완벽하게 갖추고 있으니 도움이 될 수 있을 겁니다."

홍 사무총장의 언변은 굉장했다. 홍기문의 성향에 맞춰 단어 선택을 적절히 조율하는 수준이었다.

홍기문과의 시작은 이랬다.

실제로 홍기문은 홍 사무총장의 도움을 받았다. 사무총장이 나서 홍남일의 유학을 도운 것이다. 그 실무는 사무차장이 거의 도맡았다.

'좋은 사람들?'

여기까지 리딩한 창규가 혼선에 빠졌다. 첫 리딩에서 느낀 불안이 이어지지 않은 것이다. 하지만 그다음 파일에서 창규의 필이 제대로 과녁에 꽂혔다.

[위스키]

[커피]

[생수]

다음으로 연결되는 리딩어 앞에 세 파일이 보였다. 위스키부터 질렀다. 음모를 꾸민다면 양주가 제격인 까닭이었다. 이 위스키 자리에는 굉장한 사람이 등장했다. 국무총리였다.

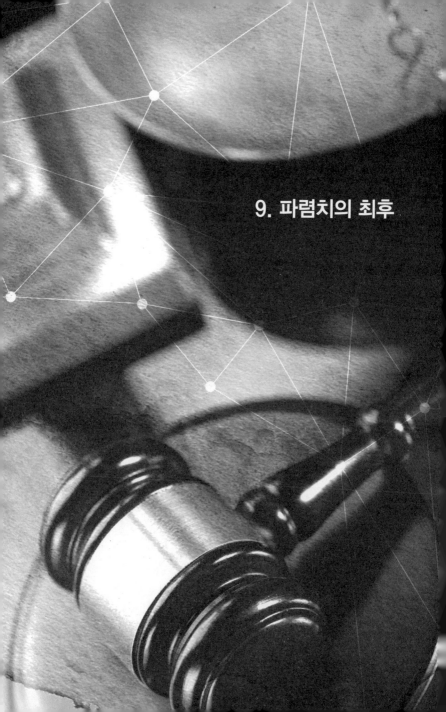

9. 파렴치의 최후

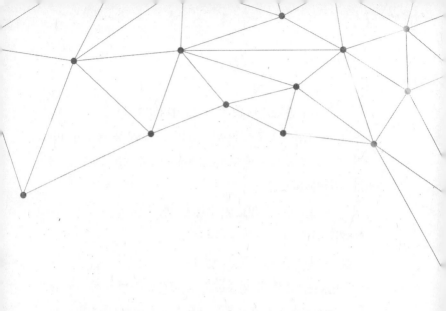

국무총리와 백병기 이사장.

둘은 홍 사무총장과 사무차장을 불러 위스키를 권했다. 사무차장은 두 잔을 받아 마시고 룸에서 나왔다. 같이 어울릴 레벨이 아니었다. 그 두 잔은 국무총리의 권주. 사무총장의 치사를 국무총리가 내린 술이었다.

국무총리가 만든 장학 재단. 그가 국무총리로 입각하면서 기부금이 슬슬 몰리고 있는 상황이었다. 대통령이 총리의 권한을 백분 보장하겠다는 선언이 기폭제였다.

"이 기회에 우리 장학 재단을 세계적 규모로 만들어야 합니다."

사무총장의 발언이 나온 것도 이 자리였다.

"이참에 올림픽 민간 지원금 명목으로 기부를 유도하시면 재단 명예도 드높이고 국가에도 기여를 할 수 있다는 연구 결과가 나왔습니다."

아이디어를 제안한 것도 사무총장이었다.

"맡겨주시면 실무는 제가……."

총대를 멘 것도 사무총장이었다.

국무총리는 양주 한 병을 비우고 이사장과 함께 자리를 옮겼다. 주빈들이 나간 자리에서 사무총장과 차장이 달렸다. 노완석 사무차장은 비장했다. 목숨을 바쳐도 될 것 같은 직장이었다. 그럴수록 홍 사무총장은 점점 우러러 보였다.

하지만!

별다른 말없이 술만 마셨다. 홍 사무총장은 각별하게 차장을 챙겼다. 둘이야말로 고교 선후배 사이. 지방대 나와서 비전 없는 판매 회사에 근무하는 노완석을 측근으로 땡긴 사무총장이었다. 이사장 백병기는 사실 얼굴 마담에 불과했다. 실무와 실권은 홍 사무총장이 틀어쥐고 있었으니 심복이 필요했던 것이다. 굴러들어오는 돈을 사적으로 꿀꺽해도 뒤통수치지 않을 측근.

그날 밤 홍 사무총장은 풀코스를 채웠다. 아가씨를 불러 사무차장의 모텔까지 딸려 보내준 것.

'젠장!'

리딩하던 창규의 미간이 일그러졌다. 뭔가 이야기가 나올 타이밍인데 그렇지 않은 것이다. 다음에 남은 커피와 생수는 시시해졌다. 양주의 밤에도 나오지 않은 단서가 여기서 나올 것 같지 않았다. 그렇다고 지나치기엔 찜찜해 고속으로 리딩을 했다. 커피는 유의점이 없었다. 생수는 더욱······.

'응?'

중간중간 찍어보고 다음으로 넘어가려던 창규가 한 단어에서 멈췄다.

"홍기문이 말이야······."

홍 사무총장 입에서 기다리던 단어가 나온 것이다. 창규는 '생수'의 시작점으로 돌아갔다. 한강 변이었다. 밤새 무리한 사무차장을 데리고 나온 홍 사무총장. 강물을 바라보며 불손한 지시에 돌입했다.

"미국 쪽에 선은 닿고 있지?"

"예."

"타겟은?"

"대략 적응하고 있답니다."

"그럼 홍기문이 말이야······."

홍기문이 여기서 나왔다. 창규는 신중하게 리딩을 이어갔다.

"······!"

생수 파일에 담긴 기억을 읽어냈을 때 창규는 손에 든 젓가락을 떨어뜨리고 말았다.

"변호사님."

식사하다 놀란 홍남일이 고개를 들었다.

"아, 아무것도······."

대충 대답하면서도 사무차장에게서 시선을 거두지 못하는 창규.

홍 사무총장과 노 사무차장.

둘은 애당초 홍기문을 털기로 작정을 했다. 미국에서 일어난 사건도 그들이 배후였다. 노 사무차장이 실무였다. 백인 미녀 둘도 노 사무차장이 골라서 붙여주었다. 그녀들은 라트비아에서 온 유학행들. 협조의 대가로 대학원까지의 학비를 보장해 주었다.

그리고 홍남일이 실형을 사는 동안에 차곡차곡 홍기문을 공략했다. 그 막바지에 홍남일이 출소를 하게 되었다. 한 번 더 노 사무차장이 미국 출격을 했다. 역시 지인을 내세워 홍남일의 시간을 벌었다. 그럴듯한 목표를 안겨줘 한국 입국을 막아버린 것.

'좋았어······.'

창규가 고개를 끄덕거렸다. 그 두 번의 음모. 그 음모를 현장 지휘한 것이 노완석 사무차장이었다. 두 번 다 미국으로 날아가 공작을 꾸몄다. 그사이에 홍 사무총장은 홍기문을 공략했다. 실의에 잠긴 홍기문에게 술을 권해 의지를 망가뜨리고 중간중간 장학 기부를 내세워 재산을 긁어갔다.

3억.

5억.

13억.

8억…….

100억 재산을 기부하기 전에 긁어간 기부 증여만 약 30억이었다. 이들 중 절반 이상은 홍 사무총장과 사무차장이 나눠 가졌다. 가짜 접수증을 안겨주고 착복을 한 것. 그리고, 간이 나빠 운명 직전에 이르자 아들의 유학 실패에 대한 아쉬움을 자극해, 가난한 외국 유학생들 꿈을 이루어준다는 명목으로 전 재산 증여 증서에 도장을 찍게 한 것.

"……!"

그 마지막을 리딩하던 창규가 다시 호흡을 멈췄다. 운명하기 직전의 병실이었다. 아들의 행방이 끊긴 홍기문은 혼자 죽어가고 있었다. 그 앞에 선 건 홍 사무총장과 사무차장 둘뿐이었다. 특실이 무슨 소용일까? 100억대 재산이 무슨 소용일까? 마약성 진통제로도 제어가 되지 않는 홍기문의 통증… 그 손이 파르르 떨었다.

"홍 총장……."

홍기문의 입이 힘겹게 열렸다.

"예, 선배님."

사무차장과 나란히 선 홍 사무총장이 대답했다.

"우리 아들은 아직 소식이 없나?"

"예… 최선을 다해 수소문하고 있습니다만……."

"그놈, 아주 망가지는 건 아니겠지?"

"……."

"아무튼 그놈이 나중에라도 개과천선을 하거든… 유언장 집행은 2로 해주게나."

"걱정 마시고 쾌차나 하십시오."

"아니야, 나는 틀렸……."

홍기문의 목숨은 거기까지였다. 허공에 손을 내민 채 절명한 것이다. 아들 때문인지 눈은 부릅뜬 채 목숨을 마감했다. 창규 눈도 거기서 부릅떠진 채 감기지 않았다.

유언장2.

그 와중에도 단서를 잡아내는 창규였다. 유언장2라면 1도 있다는 얘기였다. 그렇다면 홍기문은 1안과 2안을 마련해 두고 아들의 상황을 주목했다는 얘기.

유언장1.

유언장2.

이제야 안개가 걷히는 것 같았다. 하지만 거기서 막혔다. 사무총장의 섭취물에 유언장 1과 2라는 말은 있지만 그 과정이나 실체에 대한 게 없었다.

'홍 사무총장 머릿속이군.'

창규는 이내 상황을 파악했다.

"홍남일 씨."

리딩을 마친 창규가 홍남일을 바라보았다.

"예?"

"이 소송 취하하면 안 됩니다."

"예?"

"내 말 똑똑히 들어요. 아버지의 증여는 기망과 사기, 그리고 공작과 모의 속에서 이루어진 겁니다. 즉, 범죄가 개입했다고요."

"변호사님."

"내 사무실에 가 있으세요. 내가 마지막 증거를 찾아올 테니까."

"변호사님."

"어쩌면 당신, 아버지의 전 재산을 되찾을 수 있을지도 모르겠습니다."

창규는 그 말을 남기고 밖으로 뛰었다.

"……!"

구치소 접견실에 들어선 홍 사무총장이 미간을 구겼다. 또 창규가 온 것이다. 그는 어깨를 으쓱하며 난감함을 표했다.

"반갑지 않군요?"

창규가 자리에서 일어섰다.

"홍기문 씨의 편지를 보았소?"

"보았죠."

"그런데도 미련이 남은 거요?"

"예."

"허!"

"미련이 커지는 바람에 유류분 반환액도 두 배가 되었습니다."

"무슨 헛소리요?"

"잘 아시는 분이 왜 이럴까요?"

창규가 느긋한 눈빛을 겨누었다. 그가 들어설 때 리딩을 통해 유언장1의 존재를 확인한 것이다. 예상대로 유언장 집행은 홍 사무총장이 도맡았다. 홍기문의 사무실이었다.

유언장1: 홍기문의 재산 중 자택은 아들 홍남일에게, 나머지 재산은 행림 장학 재단에 기부 증여한다.

유언장2: 홍기문의 재산 전부를 아들 홍남일에게 상속하고 그 상속의 10분의 1을 행림 장학 재단에 기부하도록 한다.

　사망한 홍기문은 애당초 두 개의 유언장을 만들었다. 아들에 대한 미련 때문이었다. 그러나 교도소를 나온 아들은 행방이 묘연했다. 그 와중에 나쁜 소식들이 꼬리를 물었다.
　―스트리트 걸들의 창녀 거리에 얹혀산다.
　―폐인이 되어 뉴욕의 노숙자가 되었다.
　―유흥가를 떠돌며 마약을 하다 또 교도소로 들어갔다.
　뉴스의 출처는 홍 사무총장이었다. 홍기문이 잊을 만하면 비극적인 소식을 전했다. 기대감을 송두리째 뽑아 재산을 가로채기 위한 방편이었다.
　그러나 홍기문은 아버지였다. 그렇기에 달랐다. 홍 사무총장이 수를 쓸 때면 동조를 하다가도 옛날 일을 생각하면 기대를 접을 수 없었다.
　홍남일!
　나름 심성이 좋은 아이였다. 엄마 없이 자랐어도 반듯했다. 미국으로 떠나던 날 아침에도 새벽처럼 일어나 식탁을 꾸렸던 아이였다.
　"아버지에게 따뜻한 밥 한 끼 차려 드리고 싶었어요."
　그리고 큰절을 올린 홍남일이었다. 설령 성폭행이 사실이라고 해도 뭔가 사연이 있을 것으로, 아니, 사연이 없다고 해도 한 번의 실수로 끝날 것으로 믿었다. 그렇기에 홍기문, 마지막에 유언장2의 옵션을 남겨두었던 것이다.

그건 신뢰하는 후배 홍 사무총장과의 약속이었다. 어느덧 형제처럼 의지하는 홍 사무총장. 언제든 홍기문이 원하는 쪽으로 유언을 집행해 주기로 약속했었다.

하지만 그건 단지 홍기문의 희망사항이었다. 홍 사무총장은 처음부터 의도적이었다. 홍기문의 재산을 노리고 접근한 인간이었고, 그 음모를 차근차근 실천한 악마였다. 더 비극적인 건 홍 사무총장의 이런 전력이 한두 번이 아니라는 것.

홍 사무총장은 유언장2의 옵션을 받아 들었지만 다른 주머니에 넣었다. 그리고 그가 집행한 건 유언장1의 옵션이었다.

전 재산은 행림 장학 재단에 기부한다.

그 유언장1의 행방… 창규는 그것까지 읽어내고 말았다. 국무총리 뇌물 사건으로 여기저기 압수 수색을 당했음에도 무사한 비밀 장소. 바로 홍 사무총장의 젊은 내연녀 길지은의 아파트였다.

길지은.

그녀의 존재가 또 흥미로웠다. 그녀는 금년 28세. 바로 행림 장학 재단의 전 회계 담당 여직원 출신이었다. 일찌감치 그녀의 비리를 잡은 사무총장. 육체를 상납받는 조건으로 눈을 감았다. 그러다 보니 정이 들었다. 퇴직시키고 은밀하게 두 집 살림에 들어갔다. 그렇게 결탁하여 숭고한 기부금에 손을 대는 공범이 된 것이다.

"이봐요. 유도신문으로 뭔가 반전이 생길 걸로 생각하다면……."

사무총장이 발끈하고 나섰다.

"반전 카드는 이미 가지고 있습니다."

"……?"

"믿기지 않지요?"

"딴에는 고단수지만 나한테는 안 통해요. 홍기문 씨 재산은 정당한 절차와 방법에 의해……."

"정당한 절차와 방법에 따른 유언장이지요."

"아시는군."

홍 사무총장이 느끼하게 웃었다.

"그분이 원하던 진짜 유언장이 어디 있는지도 알고 있습니다."

"뭐라?"

"당신의 내연녀 길지은의 아파트."

"……!"

"그녀 역시 당신의 공범."

쩌억!

홍 사무총장의 대뇌피질에 금가는 소리가 들렸다.

"그 안에 홍기문의 진짜 유언장1 옵션이 있습니다. 내용은 홍기문의 전 재산을 아들 홍남일에게 주고 그 10분의 1만을 장학 재단에 기부한다는."

"그, 그걸 어떻게?"

홍 사무총장의 근육들이 격하게 요동을 쳤다.

"지상에 비밀은 없는 법이니까요."

"설마 우리 지은이가?"

"내가 아는 건 그것뿐이 아닙니다."

창규가 한 발 다가섰다. 기세에 질린 총 사무총장이 뒷걸음질을 쳤다.

"당신은 애당초 홍기문의 재산을 털어먹기 위해 접근을 했습니다. 신상을 털어서 말이죠. 그래서 종친회와 동문회를 팔았고 아들 홍남일의 유학을 주선하며 환심을 샀습니다. 아닙니까?"

"……?"

"그리고 홍남일에게 붙여준 친구를 매수해 술자리를 만들고 마약을 먹이고, 라트비아 백인 미녀 유학생 둘을 포섭해 성폭행 누명을 씌워 버립니다. 조건은 그녀들이 대학원을 마칠 때까지의 학비 제공과 절대 합의를 보지 말 것. 덕분에 홍기문은 졸지에 교도소에서 복역을 하고 출소합니다."

"⋯⋯."

"하지만 이때까지도 당신은 홍기문에게서 재산을 울궈내는 데 성공하지 못했습니다. 그래서 한 번 더 작업에 들어갔죠. 이번에는 홍남일에게 공부를 권유합니다. 아버지에 대한 죄책감에 시달리던 홍남일은 그걸 받아들여 1년간 연락을 끊고 공부에 매진합니다. 그사이에 당신은 홍남일의 헛소문을 전달하며 홍기문의 재산 편취에 성공합니다."

"⋯⋯."

"지금까지 내가 한 말에 거짓이 있습니까?"

"너⋯ 대체 정체가 뭐야?"

"아, 몇 가지 빼먹었군요. 미국에서의 공작은 주로 당신의 심복격인 노완석 사무차장을 보내 진행했습니다. 참고로 그가 이용한 두 편의 K 항공 자료도 확보해 두었습니다."

"⋯⋯."

"또 한 가지는 홍기문에게 편취한 재산 130여억 원의 행방입니다. 당신은 그 재산 정리를 하면서 서류를 조작해 50여억 원을 빼돌렸죠. 내연녀 길지은과 함께 말입니다."

"⋯⋯."

"지금까지 한 말은 다 녹음이 되었습니다만 이의가 있으십니까?"

창규가 핸드폰을 들어 보였다.

"너… 대체……."

"변호사 맞습니다. 이 자리에서 통보하건대 홍남일의 유류분 반환소송은 변경이 될 겁니다. 반환이 아니라 증여 무효소송으로 말입니다. 이 일은 애당초 사기극으로 시작되고 끝난 일이니까요."

"미친……."

"당신은 한 번 더 법정에 서야 할 겁니다. 워낙 잔머리가 좋아 재벌 집단 주머니까지 턴 분이니 변호인단 잘 준비하세요. 제대로 한 번 맞장을 떠야 할 테니까요."

"……."

"마지막으로 참고 사항인데… 당신은 올림픽 민간 지원금의 중간 착복뿐만 아니라 그동안 다른 기부자들의 기부금을 개인 용도로 착복하고 그 일부를 이사장에게 상납한 사실, 그 또한 방송국에 제공할 생각입니다. 거기 보니… 숭고한 기부금으로 파리에 80억짜리 고급 아파트도 사셨고 65억짜리 요트도 사셨더군요. 물론 차명으로 말입니다."

"이 새끼……."

격노한 홍 사무총장이 주먹을 날렸다. 슬쩍 피한 창규가 그 발을 걸었다.

"억!"

홍 사무총장은 제 풀에 나뒹굴었다.

"어억!"

비명은 한 번 더 새어나왔다. 창규가 그 사타구니를 걷어찬 것이다.

"이봐."

"……."

"당신이 장학 재단의 천사 아저씨라고?"

"……."

"가난하고 어린 학생들 몇 명 팔아 제 이속이나 챙기는 주제에 천사?"

퍽!

창규의 발이 한 번 더 사타구니를 직격했다. 녹음은 이미 끈 상태였다.

"그 아이들 팔아서 거둬들인 요트에서 호화 파티나 여는 주제에 천사?"

"끄으……."

"너 같은 인간 때문에 제대로 된 기부 단체들까지 외면받고 욕을 먹는 거야, 알아?"

퍽!

마지막 발은 홍 사무총장의 명치에 꽂혔다. 창규는 완전히 늘어진 그를 끌어 소파에 앉혔다. 그런 다음 유유히 구치소를 나왔다. 천사의 복통은 오래 갈 것이다. 어쩌면 교도소까지 쭉 이어질 지도 모른다. 우리말에 사촌이 땅을 사면 배가 아프다는 말이 있다. 그때보다 더 배가 아픈 게 이런 경우였다. 꽁으로 먹은 걸 토해내야 할 때.

"변호사님!"

창규의 설명을 들은 홍남일은 벌린 입을 다물지 못했다.

"세상에 그럴 수가."

홍남일은 패닉 상태였다. 어느 날 문득 열린 지옥의 날. 두백인 미녀로 비롯된 성폭행사건. 아무리 생각해도 이상하던 일이 이제야 이해가 되었다. 그 이후에 찾아와 공부를 권한 선배. 그 또한 조작된 운명이었다.

"아버지의 재산은 다 찾을 수 있을 겁니다. 다행히 행림 장학 재단의 재산이 상당하거든요."

"그럼 아까 본 그 편지는……."

"홍 사무총장의 잔머리였죠. 그들 역시 법을 이용해 돈을 긁어 들이다 보니 법의 맹점을 알았던 겁니다. 홍기문 씨의 경우에는 기한만 유효하다면 유류분 반환소송을 낼 여지가 충분했습니다. 그렇기에 만약에 대비, 감성에 호소해 눌러 앉힐 방안을 짜둔 거였습니다."

"세상에… 정말 몸서리가 쳐지네요."

"저도 그렇군요."

"믿기지가 않아요. 사무총장… 우리 아버지가 믿을 만한 사람이라고 무척 칭찬했는데… 앞으로 삼촌처럼 따르라고 했었는데……."

"그 사람은 선친의 재산을 보고 접근한 사람입니다. 홍남일 씨 선친만 당한 것도 아니고요."

"……."

"마음 독하게 먹고 재산은 다 찾으세요. 그런 다음 홍남일 씨가 직접 선친의 유지를 받들면 될 겁니다."

"그래야겠어요. 그런 인간들이라면… 한 푼도 줄 수 없습니다. 변호사님, 그놈들이 우리 아버지에게 우려낸 돈 전부를 찾아주세요. 그런 다음에 변호사님이 다 가져도 좋습니다."

"감정에 치우치지 마세요. 방금 말씀드렸지만 그 돈은 선친의 유지를 살리는 쪽으로 가야 합니다."

"알겠습니다."

"상길 씨, 이분 좀 모셔다드려요."

창규가 상길을 불렀다.

홍남일이 나가기 무섭게 행림 장학 재단의 사무차장이 들이닥쳤다. 그는 변호사를 대동하고 있었다.

"나 행림 장학 재단 고문 변호사입니다. 얘기 좀 합시다."

변호사가 명함을 내밀었다.

"얘기는 법정에서 하면 됩니다."

창규가 응수했다.

"이봐요. 방금 홍 사무총장님께 연락을 받았습니다. 당신이 갖은 협박을 다 하고 갔다고요? 우리가 그냥 넘어갈 줄 압니까?"

사무차장이 핏대를 올리고 나섰다.

"왜 이러시나? 난 진실만 말했거든? 당신하고 사무총장… 둘이 짜고 홍기문 씨 재산 강제 증여시킨 거 맞잖아? 라투비아 백인 미녀 매수해 성폭행 누명 씌우기, 허위와 기망으로 가득한 헛소문을 흘려 홍기문 씨의 재산 갈취, 마지막에는 고인의 유언 집행조차 당신들 마음대로 행사!"

"누, 누가 그래? 누가 그런 헛소리를 하냐고?"

"사무총장 지시로 K 항공 비행기 타고 두 번이나 미국 다녀온 사람이 왜 이래? 그 대가로 당신도 3억과 6억을 현찰로 받았잖아? 그 돈으로 지방에 펜션 사서 부업하고 있지? 그 돈, 출처 댈 자신 있어? 없으면 저분하고 변호 준비나 하셔."

"뭐라고?"

"아니, 이미 늦었겠군. 경찰이 사무총장 내연녀 집에서 증거물 찾은 후에 당신도 검거할 거라고 하던데 어쩌면 벌써 당신 동선 추적해서 여기로 올지도……."

"……!"

"자, 이제 그만 가주시죠. 하실 말은 법정에서 해도 늦지 않을 테니까요."

창규가 변호사를 향해 변죽을 울렸다. 돌연한 상황에 어안이 벙벙해진 변호사. 별수 없이 사무차장과 함께 밖으로 나갔다. 하지만 사무차장은 자가용에 타지 못했다. 구속영장 집행에 나선 형사들 때문이었다. 그들을 지휘하는 건 행복서의 이준모였다.

철컥!

사무차장은 그 자리에서 수갑을 받았다. 이준모는 그의 변호사에게 친절하게 미란다 법칙 전문을 들려주었다.

"팀장님."

창규가 다가왔다.

"물증 나왔습니다. 제가 사진을 찍어두었는데……."

팀장이 핸드폰을 내밀었다. 거기 찍힌 건 유언 1이었다. 사무총장의 섭취물에서 읽은 대로 홍남일에게 전 재산을 주고 그 10분의 1을 기부하라는 내용이었다.

"고맙습니다."

"고마운 건 접니다. 매번 이런 실적을 신세 지게 되니……."

"매번 기지를 발휘해 범인 체포를 하는 건 팀장님입니다."

"당연히 해야죠. 솔직히 이제는 법원 영장 같은 거 없어도 무조건 할 겁니다. 강 변호사님 제보가 제게는 곧 영장이거든요."

이준모가 웃었다. 신뢰가 가득한 눈빛이 창규 마음을 가볍
게 만들었다.

*   *   *

홍남일의 공판이 있기 나흘 전, 창규와 일범은 다른 소송을
진행했다. 친자 확인 건이었다. 유명 작곡가의 딸을 자처하고
나선 60줄의 아줌마 이해은. 그 아줌마의 고단한 인생사를 구
제하기 위해 맡은 소송이었다. 아줌마는 임종 직전의 85살 어
머니에게 그 말을 들었다. 10여 년 동안 치매로 연명하던 어머
니가 임종 전에 깜빡 정신이 돌아온 것이다.

"네 진짜 아버지는 유명한 작곡가 금수산이다."

설마?

"어릴 때 우리 둘이 좋아했었다. 하지만 할아버지가 그 사
람이 딴따라라고 만나지 못하게 했어. 그래서 헤어지기 전에
마지막 밤을 보내다……."

"엄마……."

'이상한 소리 하지 마. 엄마가 치매라서 그래. 난 아무렇지
도 않아.'

중년 딸의 독백을 엄마는 알아들었다.

"내 말 명심하렴. 내가 치매라서 헛소리는 하는 거 아니야.

나 이제 내 생의 마지막 징검다리가 없는 거 알아. 여기가 마지막이야. 그 사람, 그 후로 평생을 혼자 살았어. 그러니 제발, 제발 흘려듣지 마렴."

엄마가 손가락을 내밀었다. 딸이 새끼손가락을 걸었다. 엄마의 눈은 수십 년 만에 처음으로 초롱했었다. 딸은 엄마를 믿었다. 그래서 친자 확인소송을 의뢰해 왔다.

하지만 문제가 있었다. 최고의 대중가요 작곡가로서 매년 수억 원의 저작료가 들어오는 작곡가 금수산은 이미 사망한 상태였다. 그 재산은 그의 이름을 딴 재단에서 관리하고 있었다. 그렇기에 친자 확인을 할 방법이 없었다. 결국 창규가 승부수를 던졌다.

"금수산의 묘를 열게 해주십시오."

재판부를 고민에 빠졌다. 죽은 자의 묘를 파헤치다니? 유례가 없는 일이었다. 그러나 다행히 이 재판장이 이재명의 후배였다. 이재명을 존경하는 재판장, 사석에서 조언을 구했다. 이때까지 변호사가 창규인 줄 몰랐던 이재명. 긍정적인 쪽으로 시그널을 주었다. 결국 재판장은 무덤 개봉을 명했다. 이런 과정을 거쳐 DNA가 채취되었고 마침내 그 결과가 나왔다.

일치!

단어를 확인한 일범이 환호성을 질렀다. 창규도 다르지 않았다. 그 감격을 안고 창규가 마무리에 나섰다.

"이해은은 금수산의 친딸, 그의 재산은 상속법에 의거 친딸에게 반환되는 것이 정당합니다."

마무리 선고에 이해은이 울었다. 모진 고생을 하면서도 치매 어머니를 돌본 가난한 딸. 가난에서 벗어나는 신호탄이었다.

그날 저녁, 창규는 장혜교의 방문을 받았다. 그녀 역시 굉장한 희소식을 가져왔다.

"변호사님이 행운을 가져오나 봐요."

그녀의 첫마디는 그랬다. 이유는 골동품이었다. 지난번 문재엽에게 회수한 골동품을 국가에 반납한 창규. 그 골동품 사건이 널리 알려지면서 개가가 이어졌다. 경찰 쪽에서 골동품 장물 업자를 일제 점검하다가 일월관음도, 100동자도, 소상팔경전도 등을 회수하게 된 것.

그 물건은 중국의 큰손에게 팔 예정이었지만 문재엽 사건이 문제가 되자 중국 큰손이 포기를 했고 돈이 궁한 업자들 간에 이견이 생기자 누군가 신고를 해버린 덕이었다.

"그러니 이게 다 강 변호사님 덕분이 아니고 뭐겠어요?"

장혜교가 웃었다.

"별말씀을요. 제자리로 돌아가는 것뿐이죠."

"아니에요. 그 물건이 원래 선친께서 중국에서 찾아온 거라면서요? 강 변호사님 염원이 작용한 걸 거예요. 골동품 같은 건 신묘해서 그런 일이 많거든요."

"네……."

"요즘 활약 잘 보고 있어요. 저도 어려운 일 생기면 꼭 도와주셔야 해요."

장혜교는 창규의 다짐을 받고서야 자가용에 올랐다.

좋았다.

이보다 좋을 수 없었다. 아버지의 물건들이 속속 국가의 품에 안기다니. 그에 대한 국가의 보답일까? 창규는 다음 날 또다른 낭보를 들었다. 이번에는 행정안전부의 전화였다.

―훈장수여.

―국민훈장 무궁화장.

공식 통보였다. 세상이라는 게 이렇다. 슬픔이건 행복이건 다발로 밀려온다. 이제 창규에게 후자를 누릴 시간이 도래한 것이다.

오홍회 멤버들이 들이닥쳤다. 축하와 더불어 푸짐한 덕담이 날아왔다.

"우리 강 변호사는 대법원장감이야."

"암요. 누군가는 반드시 강 변호사를 그 자리에 앉혀야 합니다."

"그럼 이 판사가 길 좀 닦아주시게나."

"기회만 온다면 반드시 그럴 겁니다."

멤버들이 주고받는 말은 아름다웠다.

그렇다고 들뜨거나 목에 힘을 주지는 않았다. 상과 훈장과 칭찬은 하나의 채찍일 뿐이다. 남은 시간에, 더 정성을 다해 법이 필요한 사람들에게 봉사하라는…….

창규는 가만히 고개를 끄덕였다. 반드시 그럴 생각이었다. 그러기 위해서는 우선, 행림 장학 재단부터 박살 내야 했다. 숭고한 뜻으로 기부한 돈을 제 주머니에 넣고 호화판으로 탕진하고 착복한 인간들의 심판.

"기분 어때요?"

행림 장학 재단을 상대로 한 증여 무효소송 공판이 열리는 날, 창규가 홍남일에게 물었다.

"담담해요."

"그럼 가죠."

창규가 차를 가리켰다. 사무실에서 법원으로 함께 이동하려는 것이다.

부릉!

차는 두 대가 출발했다. 상길이 운전하고 창규와 홍남일이 탄 한 대, 또 한 대는 일범이 운전하고 사무장이 탄 한 대였다.

"강 변호사."

법원에 도착하자 반가운 얼굴이 보였다. 이러저런 일에 전화로 축하를 해주던 황태승 교수였다.

"교수님, 여긴 어쩐 일로……?"

"어쩐 일은? 잘난 선배의 변론 현장 보여주려고 출동했지."

황태승이 옆 차를 가리켰다.

"안녕하세요? 선배님!"

로스쿨 후배 여덟 명이 인사를 전해왔다.

"긴장되나?"

황태승이 물었다.

"그럼요. 요즘 후배들 무서운 세상이잖아요?"

"하긴 그렇지. 나도 자네 같은 후배 때문에 정신 바짝 차리고 사는 지경이니까."

"교수님도 참… 저는 제자죠."

"제자이자 후배라네. 그래서 더 자랑스럽고……."

"그럼 들어가시죠."

창규가 입구를 가리켰다. 황태승은 학생들을 인솔해 법정으로 향했다.

"이야, 인기 좋은데?"

뒤에서 들린 건 도병찬의 목소리였다.

"저 취재하러 오신 겁니까?"

"그럼 누구 취재할까? 요즘 가장 핫한 변호사가 강 변호사인데… 변호사상에 훈장에……."

"에이, 왜 그러십니까?"

"이어, 나도 왔다네."

창규가 얼굴을 붉힐 때 도병찬 뒤에서 한 사람이 더 튀어나왔다. 동기인 도현승이었다.

"어, 도 변?"

"오랜만이야. 소식은 형님에게 귀가 아프게 들었고……."

"오늘 공판 있어?"

"응, 강 변 끝나고 내 공판인데 노하우 좀 배울 겸."

"왜 이래? 로스쿨 때 나 공부 가르쳐 준 사람이 누군데?"

"그게 학교하고 사회는 다르더라고. 나도 이럴 줄 알았으면 강 변처럼 학교에서 대충 놀걸 그랬어."

"나 대충 논 게 아니고 죽도록 한 거거든. 다만 머리가 좀 나빴을 뿐."

"젠장, 그 머리가 나쁜 거면? 나처럼 소송 12전 4승 8패 하고 있는 패소머신은 어찌 살라고?"

"요즘 잘 안 돼?"

"그렇다니까. 나 노하우 좀 알려줘."

"내 노하우는 죽어야만 알 수 있는데?"

"뭐?"

"하핫, 농담이야. 도 변은 워낙 임기응변이 좋으니까 곧 자기 세상이 올 거야. 들어가자고."

창규가 안을 가리켰다. 그런 다음 일범과 홍남일을 챙겨 법정으로 향했다.

"변호사님 파이팅!"

사무장과 상길이 주먹을 쥐어보였다. 창규도 주먹을 쥐어보이는 것으로 답했다.

"재판장님 입정합니다. 모두 일어서 주십시오."

공판 시간이 되자 법정경위가 말했다. 재판부가 들어섰다. 그들이 자리를 잡자 경위의 말이 이어졌다.

"앉아주십시오."

경위의 멘트 뒤에 재판장이 인사를 해왔다.

"안녕하세요?"

방청석의 황태승이 웃었다. 법원 분위기도 많이 변했다. 그가 변호를 하던 시절에는 '일동 기립', '착석'이었다. 판사의 인사 같은 건 꿈도 꿀 수 없었다.

그런데 판사가 들어오면 왜 방청객이 일어나야 할까? 일어나지 않으면 감치 처분이나 벌금이라도 받는 걸까? 그런 것은 아니다. 이는 오래 전부터 전해오는 관행의 하나일 뿐이다. 우리나라만 하는 게 아니라 미국이나 유럽, 일본에서도 기립을 한다.

"원고 측, 시작할까요?"

소송에 대한 요지를 밝힌 재판장이 창규를 바라보았다. 창규는 만지던 서류를 놓고 피고 측을 보았다. 이사장 백병기는 나오지 않았다. 그는 요즘 국무총리와 관련된 공판에도 휠체어를 타고 다닌다. 아주 중차대한 재판이 아니면 나가지도 않는다. 덕분에 강제 구인도 서너 번 받았다.

말하자면 그는 이제 자포자기 상태였다. 왜 아닐까? 그는 국무총리 뇌물 수수 건의 본산으로 수사를 받으며 온갖 비리가 다 까발려져 있었다. 회계질서 문란, 교부금 편법 수령, 심지어는 이사회의 여자 이사 폭행까지.

거기에 더해 창규가 홍 사무총장과의 추가 비리를 특별검사 측에 제공했다. 원래 380쯤 나오던 당뇨 수치가 500을 넘었다는 말이 나올 정도였다.

창규의 시선이 홍 사무총장에게서 멈췄다. 그 옆의 사무차장은 좌불안석이다. 시선을 돌려 증인석을 보았다. 증인석에 나온 사람은 세 명. 그중 하나가 사무총장의 내연녀 길지은이었다.

마지막으로 일범에게 눈길을 주었다. 신호를 받은 일범이 고갯짓을 했다. 일범이 만지작거리는 건 녹취 파일이었다. 이 또한 세 개였다. 하나는 구치소에서 사무총장에게 받은 것. 나머지 두 개는 미국에서 사무차장을 도운 피매수인들의 육성이었다.

사실, 이 공판은 이미 창규의 승소나 다름이 없었다. 일반

민사라면 상대가 합의를 요청해 법정에 서지 않아도 되었을 일. 하지만 피고 측이 재단이다 보니 공판이 열린 것이다. 더구나 이사장도, 사무총장도 공석인 상황. 재판으로 선고를 받아야만 기부금 반환 집행이 될 일이었다.

"존경하는 재판장님!"

원고 변호인석 앞으로 나온 창규가 재판장을 바라보았다. 거기서 멈춘 시선이 45도를 돌아 피고 측으로 향했다. 똥 마려운 강아지 꼴의 사무차장과 체념한 얼굴의 사무총장. 내연녀의 집에 꼭꼭 숨겨둔 비장의 대비가 탈탈 털렸으니 그럴 수밖에 없는 꼴이었다.

현금 65억과 내연녀 부모 앞으로 돌린 부동산 13건.

대략 잡아도 200억 가까운 재산이었다. 그 모든 게 장학 사업을 내세워 받은 기부금을 빼돌린 결과물이었다. 사무차장도 닮은꼴이었다. 다른 게 있다면 액수와 덩어리가 작을 뿐.

"저는 오늘 이 자리를 법조인으로서의 비애를 느끼며 시작하게 됩니다."

창규의 시선은 이제 홍 사무총장의 이마에 꽂혀 움직이지 않았다.

"이 파렴치한 사건은 장학 재단이라는 미명을 내세운 자들이 사리사욕을 채우기 위해 한 집안을 망친 사건입니다. 저들은 형사소추까지도 받게 되겠지만 이 자리에서 함께 벌할 수

파렴치의 최후 291

없다는 것이 아쉬울 뿐입니다."

한 박자를 멈춘 창규가 말을 이어갔다.

"원고 홍남일은 저들의 마수와 간계에 빠져 마약범에 더해 성폭행범으로 몰렸고 타국의 교도소에서 실형까지 살았습니다. 장학 사업을 한다는 사람들이라면 차마 상상도 할 수 없는 파렴치의 극단을 보여준 예라 하겠습니다. 하긴 국무총리의 파워를 등에 업고 재벌 회사들마저 좌지우지한 자들이니 말해서 무엇하겠습니까마는……."

"크흠!"

홍 사무총장이 고개를 숙였다.

"피고 측 변호인?"

재판장이 홍 사무총장 쪽을 바라보았다. 변호인은 그저 궁색한 실드를 펼쳤다. 원고 측 주장은 자의적이고 유언장에 집행에 대해서는 평소의 다른 유지가 있었다는 원론적인 방어였다.

창규는 증인을 불러내 하나하나 공박했다. 쌍식귀들은 맹활약을 하며 창규의 신명을 도왔다. 그 대미는 호화 요트의 증명이었다. 팩트를 리딩했지만 물증까지 잡지는 못했던 창규. 요트의 소재지가 필리핀인 탓에 다녀올 시간이 부족했던 것이다. 하지만 하늘이 도왔다. 증인의 섭취물을 리딩하다가 참석자들을 알게 되는 창규였다.

잠시 휴정을 요청했다. 창규는 사무장에게 검색을 지시했다. 참석자들의 블로그나 페이스북 등의 소셜 미디어를 점검한 것이다. 거기서 실물이 나왔다. 참석자 중의 하나가 핸드폰으로 찍은 사진이었다. 어차피 증여 취소는 따놓은 당상. 하지만 빅 엿을 먹일 재료가 밋밋하던 차에 올린 대박 개가였다.

　"……!"

　다시 개정된 법정. 창규가 띄워준 이미지 한 장이 재판부와 피고석, 방청석을 뒤집어 버렸다. 초호화 요트에 펼쳐진 기막힌 와인과 양주, 안주들. 와인과 양주의 가격까지 체크한 자막에 방청석은 끓어올랐다. 그건 일반인들 한두 달 월급에 해당하는 고가품들이었다.

　"사무총장!"

　창규의 준엄한 목소리가 홍 사무총장을 겨누었다.

　"……"

　"저 요트는 돈을 모아서 구입했습니까?"

　"……"

　"저 요트를 타러 갈 때 끊은 비행기 1등석은 당신 돈이었습니까?"

　"……"

　"저 요트의 고급 와인과 호화 양주들 중 당신 돈으로 산 게 있습니까?"

"……."

"사진 설명은 여기까지입니다."

창규가 마무리를 선언했다.

"피고 측!"

재판장이 피고 측 변호사를 호명했다. 그는 변론에 나서지 않았다. 대세는 이미 기운 후였다. 그건 고개 떨군 사무총장이 대변하고 있었다. 경찰에 물증이 털린 상황. 거기에 더해 내연녀와의 공동 범죄까지도 알려진 마당. 그녀의 이름으로 수십 억을 빼돌렸고, 럭셔리한 인생을 즐기던 시간들.

'젠장.'

홍 사무총장은 치를 떨었다. 국무총리 관련 건에서도 들통나지 않았던 일이었다. 그 건은 길어야 3년 형으로 끝날 일. 이 참에 답답한 마누라와도 이혼하고 형기를 마친 후에 외국으로 나가 호화 인생을 즐기려던 구상이 박살 난 것이다.

'이게 모두…….'

사무총장의 시선이 창규를 겨누었다. 하지만 오래 보지 못했다. 창규는 눈빛조차 그의 상대가 아니었다.

'결국… 완전범죄는 없는 것인가?'

잘근 문 사무총장의 입에서 피가 배어나왔다.

"원고 측 변호인 최후 변론하세요."

재판장이 창규에게 말했다.

"세상에는 네 가지의 악인이 있다고 했습니다. 첫째는 마음에서 시작하는 악, 둘째는 무의식적으로 행하는 악, 셋째는 무지로 인한 악, 넷째는 악을 선으로 착각하고 행하는 악입니다. 보통 뒤의 세 가지는 법에서 선처의 여지가 남지만 첫 번째는 아닙니다. 행림 장학 재단은 조직적으로 고인이 된 분의 유지를 받드는 척하면서 재산을 편취했고, 심지어는 운명하는 그 순간까지 대리인을 자처하며 고인을 속였습니다. 따라서 이 증여는 원천 무효로써 취소되어 원상 복구 되는 것이 당연하리라 생각하며 이미 피고들의 파렴치한 행위와 행태는 다른 사건에서도 적나라하게 드러난바, 간계에 속아 외국의 교도소에서 고난의 시간을 보내며 좌절하던 원고에게 명쾌하고 신속한 판결로써 법의 위로를 주시기를 간청합니다."

창규의 변론이 끝났다. 홍남일의 눈물이 보였다. 좌절하는 사무총장도 보였다. 눈물의 질이 다르다. 홍남일의 것은 회한과 재생의 눈물이었고 사무총장은 후회와 파멸이었다.

법정.

한때는 패소머신으로서의 좌절을 안겨주던 곳.

그러나 이제는 당당한 승소머신으로서의 보람을 알게 하는 곳······.

창규는 또 하나의 개가를 확신하며 홍남일의 손을 잡았다.

"고맙습니다. 이 은혜 잊지 않을게요."

홍남일이 말했다.

"은혜가 아니고 권리입니다."

창규가 답했다.

"네?"

"이 나라 국민의 권리라고요. 언제든 법 집행이나 권리의 분쟁에서 억울한 점이 있다고 생각되면 찾아오세요. 제 사무실은 모두에게 열려 있으니까요."

창규의 카리스마가 법정을 가득 채웠다. 약자의 편에 선 변호사.

단순히 그 편이 되는 것이 아니라 짓밟힌 권리를 회복시켜 주는 변호사. 창규가 꿈꾸던 변호사는 이제 현실이 되어 있었다.

"강 변호사!"

황태숭이 방청석에서 걸어 나왔다. 두 손을 내밀어 창규 손을 잡았다.

"자네는 반드시 이 나라 대법원장이 될 걸세. 그때가 오면 사법부 한번 시원하게 개혁해 보게나."

스승의 격려는, 언젠가 사례로 받아 주머니에 넣었던 호떡보다 따뜻했다.

짝짝짝!

언제 왔을까? 이재명과 조일산, 민선욱 등도 존재감을 과시하며 박수를 보내왔다.

끝나지 않는 그 박수 소리.

짝짝짝!

에필로그. 최연소 대법원장!

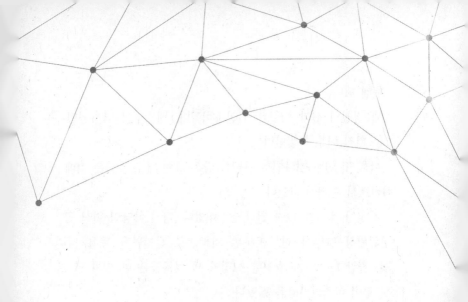

짝짝짝!

박수는 17년이 지난 후에도 이어졌다.

짝짝짝짝짝!

바뀐 정권에 대한 기대감이었다.

포퓰리즘으로 흥청거리던 정권이 실속 개혁을 주창한 야당에 의해 참패를 당한 것이다.

국민들이 힘들여 벌어들인 돈을 지원, 보조금이라는 미명 하에 저희들 정략에 따라 꼴리는 대로 퍼주며 경제를 파탄 낸 정권. 신물이 난 국민들은 86%의 압도적인 지지로 새 정권을 창출해 냈다.

새 정권의 산파 역할은 민선욱이었다. 대통령의 남자였던 그는 퇴직 이후에 빛났다.

이혼 몇 년이 지나면서 자리를 잡은 그의 막후 능력은 킹메이커로서 손색이 없었다.

결정적 계기는 12년 전의 공천이었다. 당시 야당의 혁신 공천위원장을 맡아 전무후무한 기록으로 신인들을 등용시킨 것. 놀랍게도 그가 공천한 32명의 새 얼굴들은 한 명의 낙오도 없이 국회의사당을 밟았다.

공천 과정에서 민선욱은 심대한 도전을 받았다. 기성 정치인들의 발악이었다. 민선욱은 배수진을 쳤다. 자신이 공천한 후보 중에서 한 명만 빼도 공천 특위위원장에서 사퇴하겠다고 천명한 것이다. 이게 여론을 주도하면서 민선욱은 국민의 신뢰를 받았다.

그 후보들 중심에 이재명이 있었다. 청렴 판사로서 사법부를 대표한 이재명은 전국 최고 득표 당선 후에도 신선한 바람을 이어갔다.

그 뒤 거푸 3선에 성공하며 정계의 중심이 되었다. 이번 대선에서도 이재명의 활약이 눈부셨다. 선거 대책 본부 부위원장을 맡아 참신한 개혁의 바람을 이끌며 여당의 텃밭을 공략하여 압승을 이끌어낸 것. 텃밭까지 무너지자 부실 여당은 속

절없었다.

전시 행정은 그만.

보여주기식 통계도 그만.

이름만 살짝 바꾸는 기만 행정도 그만.

최고의 충격은 한 지역구였다. 여당의 텃밭에서 투표율 99.2%라는 경이적인 투표율을 보이며 압도적으로 야당의 신진 인물을 당선시켜 준 것. 이때 여당의 후보는 4선을 노리는 현역 원내총무였다.

데엥!

내실 없이 보여주기식 쇼에 열중하던 여당의 몰락을 알리는 종소리였다. 여당으로서는 유사 이래 최고의 치명타를 결정하는 순간이었다.

똑똑!

소박한 백반집 내실 안에 노크 소리가 들렸다. 안에 앉은 사람은 민선욱이었다.

이제는 완연한 백발의 신사가 된 그. 그러나 눈빛만은 새벽 하늘의 금성처럼 반짝이고 있었다.

"박사님."

들어선 사람은 이재명이었다. 법원을 떠난 후에 3선 관록의 의원이 되었지만 그의 소탈함은 변함이 없었다. 첫 의정 활동 4년 동안 모든 세비를 심장병 재단에 쾌척한 이재명. 그는 3년 연속 최고의 국회의원상을 받는 개가를 올렸다.

"어서 오시게."

민선욱이 벌떡 일어나 이재명을 맞았다.

"그냥 계십시오. 요즘 무릎도 안 좋으시다면서……."

"나 무릎 많이 나았네. 강 변호사 덕분에."

"아, 그 침술사가 효험이 있었습니까?"

"그렇더군. 딱 두 번 맞았는데 거뜬하다니까."

"역시 강 변호사로군요. 그의 주변 사람들이 다 그렇습니다."

"그 침술사도 강 변호사가 도움을 준 사람 아닌가? 의료법 위반으로 실형을 살 위기였다고 하더군."

"어련하겠습니까?"

"그래, 대략 인선은 해보셨나?"

민선욱이 고개를 들었다. 둘은 지금 대통령직 인수위원회의 핵심을 맡고 있었다. 동시에 대통령의 특명까지 받은 처지였다.

"몇 사람 뽑아보긴 했습니다만 박사님은……."

"내가 법조계에 아는 게 뭐 있나? 일단 이 의원 말부터 들어봐야지."

"생각 같아서는 강 변호사를 추천하고 싶습니다만……."

아쉬운 듯 입맛을 다신 이재명이 사진 몇 장을 꺼내놓았다.

"대법관 출신 둘과 재야 민권변에서 활약한 변호사, 그리고 현직 법원장급과 헌법재판소에서 한 명을 골라봤습니다."

"이 의원의 심중을 받는 인물은 누구인가?"

"경력이나 기수를 고려하면 서상곤 대법관이 가장 무난합니다."

"무난이라……."

민선욱의 표정이 살짝 우울해졌다.

"법조계의 관행 같은 거죠. 오래 전부터 지나친 서열 파괴는 곤란하다는 분위기가……."

"우리가 그런 관행 지키려고 새 판을 짰나?"

민선욱의 눈빛이 따갑게 빛났다.

"저도 내키지 않지만 현실이라는 게……."

"현실을 무시하라면 누굴 추천하실 텐가?"

"그야……."

"우리 간만에 마음 좀 맞춰볼까? 전에 대선후보 결정하듯이 말일세."

민선욱이 웃었다. 이 말은 대통령 당선자를 결정할 때를 의미하고 있었다. 대통령 후보로 누굴 밀어야 할까? 그 난제를 정할 때 둘은 이 방법을 썼었다. 다행히 두 사람의 의중은 맞아떨어졌다.

"박사님이 원하신다면……."

"종이에 원하는 이름을 쓰시게. 모든 조건을 떠나서 사법 개혁에 최적의 인물 말일세. 그런 다음에 전처럼 동시에 공개하자고."

종이를 건네준 민선욱이 또 하나의 종이에 이름을 적었다. 이재명도 적었다.

"셋 하면 까는 걸세?"

종이를 엎은 민선욱이 말했다.

"예."

"하나, 둘……."

셋!

카운트와 함께 두 사람이 패를 깠다. 둘은 상대방의 종이를 확인하고는 누가 먼저랄 것도 없이 너털웃음을 터뜨렸다.

"민 박사님."

"이 의원도 역시 그렇군."

두 사람의 눈빛이 마주친 곳에 드러난 이름은 '강창규'였다.

강창규.

세 글자가 또렷했다.

"하지만……."

"하지만 뭐? 대통령이 요청하지 않았나? 아무것도 가리지 말고 오직 신뢰받는 사법 개혁을 할 수 있는 능력만 고려해서 추천해 달라고."

"……."

"솔직히 이 나라 법조인 가운데 최근 15년 동안 가장 멋진 변호사가 누구였나?"

"강창규죠."

"누가 늘 힘겨운 국민들 편에 있었나?"

"강창규……."

"누가 국민들에게 최고의 신망을 받고 있나?"

"강창규……."

"그런데 우리가 왜 다른 법관이나 법조인, 법조계 관행의 눈치를 봐야 하나?"

"박사님……."

"사적으로는 대통령도 8년 전에 엄청난 도움을 받았지 않나? 정치 생명이 걸릴 재판에서 강 변호사가 승소를 이끌어내 주었어. 그때 여당의 선거법 위반 간계에 걸렸다면 이번 대통령 선거에 나올 수조차 없었을 거고."

"그렇다고 해도 이 상황에서는 아킬레스건이 될 수 있습니다. 말 좋아하는 기레기들이 '코드인사'라고 물고 늘어지면……."

"이건 대통령과의 코드가 아니라 국민과의 코드일세. 강 변호사가 국민들과 가깝지 대통령에게 딸랑거리는 해바라기는 아니지 않나?"

"물론입니다만……."

"강창규로 가세."

"박사님!"

"이견 있나?"

짝짝짝!

대답대신 박수를 치는 이재명.

"웬 박수인가?"

"실은 박사님 입에서 듣고 싶던 말이거든요."

"뭐야? 이 사람 이제 보니……."

"맞습니다. 제 입으로 하는 것보다야 박사님 입에서 나오면 금상첨화지요. 안 그렇습니까?"

이재명이 빙그레 웃었다.

"허어, 정치판에서 좀 구르더니 못된 물도 들었군."

"이런 물이라면 아무리 들어도 괜찮지 않을는지요."

"뭐 그렇다고도 할 수 있지."

민선욱도 웃었다.

"어떨까요?"

"뭐가 말인가?"

"대통령 말입니다. 강 변호사 추천안을 받아들일까요?"

"내가 생각하기엔 말이지……."

민선욱은 잠시 멈춘 말을 빠르게 이어놓았다.

"이 안은 우리가 아니라 국민의 이름으로 추대하는 걸로 생각되네만."

"국민요?"

"대통령도 국민의 이름으로 추대된 사람 아닌가? 그렇다면
서로 통하는 게 있지 않을까?"

민선욱의 눈이 한 번 더 반짝거렸다.

　　　　*　　　　　　*　　　　　　*

"……!"

인선 후보안을 받아든 대통령 당선자의 눈빛은 굳어 있었
다. 민선욱과 독대하는 자리였다.

"강창규 변호사요?"

"그렇습니다."

"민 박사님……."

"왜요? 이견이 있으면 말씀하세요."

"이견은 없습니다."

"그럼 뭐가 문제죠?"

"솔직히 강 변호사의 능력은 저도 인정합니다. 다만 경륜과
나이가 어린 것이 좀……."

"강 변호사도 이제 50줄입니다. 대통령께서도 50대 아닙니
까?"

"저야 겨우 *끄트머리*를 밟은……."

"마음에 들지 않는다면 대법원장 후보물색은 청와대로 들어갈 담당 수석들에게 맡기시지요."

"민 박사님."

"대통령의 국정 철학이 뭐였습니까? 당파를 가리지 않는 인재 등용 아니었습니까? 조선시대 탕평책에서 가져온……."

"그렇긴 합니다만……."

"선거 캠프에 참가했던 법조인들 지분 때문에 그러십니까?"

"……."

"대통령으로서 선거운동 지지자들을 챙겨야 하는 입장은 알고 있습니다. 하지만 우리가 새 시대를 열기 위해 정권 창출 운동을 할 때 강 변호사가 호의호식하며 놀고 있었던 것은 아닙니다."

민선욱이 자료 하나를 내놓았다. 최근 6개월 동안 강창규 변호사의 변론 일지였다.

이제는 변호사 다섯을 거느린 작은 로펌 스타노모. 그 6개월간 창규가 일궈낸 인권 보호와 억울한 사람들의 결백 증명이 무려 열일곱 건이었다.

그중에서 가장 빛나는 건 특허 싸움꾼 퀼컴을 상대로 이끌어낸 특허 분쟁. 난타전 끝에 무려 6,000억 원에 이르는 특허 분쟁에 종지부를 찍었다. 그건 퀼컴이 중국에서 특혜를 베풀

어준 특허 사용 금액 이래로 최고의 성과로 꼽히는 재판이었다.

　나아가 온 국민의 이목을 집중시킨 뒤바뀐 사형수 건도 공판 역사에 길이 남을 명재판이었다. 살인의 주범과 공범이 뒤바뀐 사건. 그건 지능이 약간 모자란 친구를 이용한 악질 주범을 밝혀낸 사건이었다. 어느 날 찾아온 복역자의 말을 허투루 듣지 않고 시작한 창규의 재심 청구가 묻혀가던 진실을 밝혀낸 것이다. 실제로 살인을 교사하고 친구에게 모든 걸 뒤집어씌운 주범은 공범으로 빠져 고작 3년 형을 받았던 사건이었다.

　이날 재심은 생중계가 되었고 창규의 변론은 온 국민의 가슴을 먹먹하게 만들었다.

　악랄한 친구의 협박에 못 이겨 죄를 뒤집어썼던 선량한 친구. 바른 선고가 떨어지자 창규의 가슴에 기대 10여 분을 흐느꼈다. 이 광경을 본 국민들 역시 함께 흐느꼈다. 자신의 모든 능력을 잘못된 법질서 회복에 올인한 창규. 그렇기에 민선욱의 신뢰는 절대적이었다.

　"민 박사님."

　대통령 당선자가 고개를 들었다.

　"말씀하시죠. 강창규만이 대법원장이 될 수 있는 건 아니지만 강창규 이상의 대법원장은 없습니다. 이 나라 국민들이 국가의 진정한 부강과 안정을 위해 대통령을 선택한 것처럼 대통령께서도 빛나는 선택을 해주시기 바랍니다."

민선욱의 눈빛은 흔들림이 없었다. 그 앞에서 가만히 종이를 집어 든 대통령 당선자. 빙그레 웃으며 화답했다.

"대법원장 강창규… 이제 보니 너무 어울리는군요. 질투 날 정도로……."

"고맙습니다, 대통령님."

민선욱이 자리에서 일어나 허리를 숙였다. 대통령에 대한 아부가 아니었다.

법조계를 바로 잡을 수 있는 희망. 그 희망을 용기 있게 받아들인 대통령에 대한 답례였다.

＊　　　　＊　　　　＊

짝짝짝!

국회의사당에서 박수 소리가 들렸다. 기립하여 박수 치는 사람은 이재명이었다. 이번에 집권한 민족신당의 3선 의원 이재명. 특별한 인사 청문 위원회의 간사를 맡은 그는 박수를 그치지 않았다. 국회 인사 청문회장의 문이 열리면서 한 사람이 들어섰다.

짝짝짝!

이제는 야당이 된 의원들도 동참을 했다. 소탈한 양복을 입고 입장하는 사람은 바로 강창규였다. 그가 최연소 대법원장에 지명되어 국회의 임명 동의를 받기 위해 청문회장에 들어선 것이다.

—대법원장.

—최연소 후보.

—강창규 변호사 지명.

새 정부의 발표가 나오자 법조계는 경악했다.

저 바닥의 잘못부터 차근차근 바로잡으며 재판 혁명을 일으킨 창규.

그는 이미 국민의 아이콘이 되어 있었다. 조금 멀게는 미국 내 한인들의 권리를 높였고 일본에서도 기개를 올렸다. 가깝게는 특허 싸움꾼 퀄컴의 콧대를 꺾고 뒤바뀐 사형수 판결을 바로 잡은 국민 변호사.

하지만, 그래도 보수적인 법조계. 설마하니 대법관 기수까지 깡그리 무시하는 인사가 나올 줄은 생각도 못하고 있던 차였다.

이때 창규의 나이 고작 48세. 대법관 임명의 자격은 있다지만 대법원장은 상상조차 하지 못한 지명이었다.

대법원장.

—15년 이상의 법조 경력을 가진 40세 이상으로 국회의 동

의를 얻어 대통령이 임명한다.

임명 규정에는 아무런 문제가 없었다. 하지만 선배 기수를 중시하는 법조계 풍토로 보자면 경천동지의 개혁이자 혁명이었다.

인사 청문회는 특별한 문제없이 끝났다. 이따금 받은 과다한 수임료 문제가 제기되었지만 그동안 창규가 내놓은 기부금 액수 앞에 이슈가 되지 못했다.

창규가 내놓은 기부금이 건국 이래 법조인 전부가 내놓은 것보다 많은 까닭이었다.

"강창규!"

"강창규!"

"여야는 허튼 시비 말고 강창규 변호사 임명 동의에 응하라."

"국민 변호사 강창규는 국민 모두에게 이미 대법원장 이상이었다."

청문회장 밖에서 함성이 들려왔다. 시민 단체와 시민들, 그리고 그동안 창규의 도움을 받은 사람들이 구름처럼 몰려들었다.

"저는……."

마지막 발언을 위해 창규가 자리에서 일어섰다.

"대법원장이 아니라 대법원의 환경미화원이라는 각오로 사법의 어두운 이면을 구석구석 닦아내겠습니다. 그리하여 적어

도 법원에서만큼은 단 하나의 억울한 사람도 없도록, 유전무
죄니 무전유죄니, 전관예우니, 유권력무죄 무권력유죄니 하는
나쁜 정서가 국민들의 기억에서 사라져 언어의 박물관에나 전
시되도록 매진하겠습니다."

짝짝짝!

다시 박수가 나왔다. 이번에도 이재명이 시작이었다.

짝짝짝!

야당 의원들도 빠짐없이 동참했다. 여야가 기립한 박수. 청
문회장 분위기로는 전무후무한 장면이었다.

"아빠!"

저만치 뒤에서 방청하던 승하가 다가왔다. 이제 승하도 어
린아이가 아니었다.

어느새 대학 4학년이 된 그녀. 당당한 실력으로 국내 명문
로스쿨에 입학 허가를 받은 몸이었다.

"국민을 최고로 아는 최고의 대법원장이 되어주세요."

승하가 꽃을 내밀었다.

그걸 신호탄으로 온갖 꽃다발이 쇄도하기 시작했다. 장혜
교도 있었고 신보라도 있었다.

역시 어엿한 사회인이 된 양명화와 그 어머니, 박선예와 홍
남일······.

아버지의 명예를 되찾아 초등학교 교사로 이름을 날리는

영서, 살인범에서 무죄가 된 주무학 등.

그동안 창규의 변론으로 권리를 되찾고 억울함을 벗어난 사람들의 축하 행렬은 끝이 보이지 않았다.

승소머신 강창규.

대법원장을 예약하는 날이었다.

『승소머신 강변호사』 완결

이제부터 전자책은

이젠북

www.ezenbook.co.kr

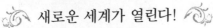 새로운 세계가 열린다!

김재한 『성운을 먹는 자』 　철백 『대무사』
니콜로 『마왕의 게임』 　가프 『궁극의 쉐프』
이경영 『그라니트:용들의 땅』 　문용신 『절대호위』
탁목조 『일곱 번째 달의 무르무르』 　천지무천 『변혁 1990』
강성곤 『메이저리거』 　SOKIN 『코더 이용호』

이름만 들어도 황홀할 정도의 별들의 향연!
이들의 "유료연재"가 시작됩니다!

검색창에 **이젠북**을 쳐보세요! ▼

초대형 24시 만화방

신간 100%, 샤워실, 흡연실, 수면실(침대석), 커플석, 세탁기 완비

■ 광명 광명사거리역점 ■

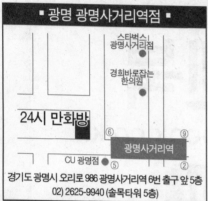

경기도 광명시 오리로 986 광명사거리역 6번 출구 앞 5층
02) 2625-9940 (솔목타워 5층)

■ 강북 노원역점 ■

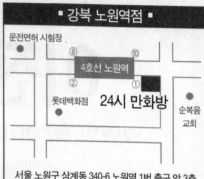

서울 노원구 상계동 340-6 노원역 1번 출구 앞 3층
02) 951-8324 (화용빌딩 3층)

■ 일산 정발산역점 ■

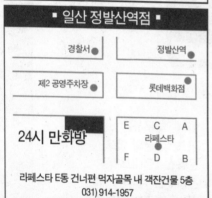

라페스타 E동 건너편 먹자골목 내 객잔건물 5층
031) 914-1957

■ 일산 화정역점 ■

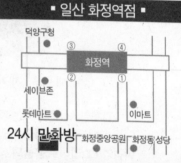

경기도 고양시 덕양구 화정동 984번지 서일빌딩 7층
031) 979-4874 (서일사우나 건물 7층)

■ 부천 역곡역점 ■

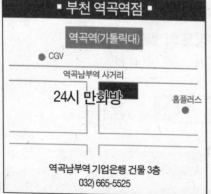

역곡남부역 기업은행 건물 3층
032) 665-5525

■ 부평역점 ■

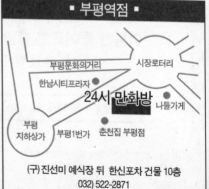

(구) 진선미 예식장 뒤 한신포차 건물 10층
032) 522-2871

FUSION FANTASTIC STORY

설경구 장편소설

저니맨
김태식

한 팀에서 오래 머물지 못하고
이 팀, 저 팀을 옮겨 다니는
저니맨(Journey man)의 대명사, 김태식!
등 떠밀리듯 팀을 옮기기도 수차례.

"이게… 나라고?"

기적과 함께 그의 인생에 찾아온 두 번째 기회!

"이제부터 내가 뛸 팀은 내 의지로 선택한다!"

더 이상의 후회는 없다!
야구 역사를 바꿔놓을
그의 새로운 야구 인생이 펼쳐진다!

Book Publishing CHUNGEORAM

유행이 아닌 자유추구 -
WWW.chungeoram.com

크레도 장편소설
FUSION FANTASTIC STORY

톱스타 이건우

열정만으로 성공하는 것은 아니다!

어중간한 실력으로 허송세월하던 이건우.

그의 앞에 닥친 갑작스러운 사고와 함께 떠오르는 기억.

'나는 죽었는데 살아 있어. 그건 전생? 도대체……'

전생부터 현생까지 이어지는 인연들.
그리고 옥선체화신공(玉仙體化神功)…….

망나니처럼 살아온 이건우는 잊어라!
외모! 연기! 노래!
삼박자를 모두 갖춘 최고의 스타가 탄생한다!

Book Publishing CHUNGEORAM

유행이 아닌 자유추구 -
WWW.chungeoram.com